푸른사상 시선 156

고요한 세계

푸른사상 시선 156

고요한 세계

인쇄 · 2022년 4월 25일 | 발행 · 2022년 4월 30일

지은이 · 유국환
펴낸이 · 한봉숙
펴낸곳 · 푸른사상사

주간 · 맹문재 | 편집 · 지순이, 김수란, 노현정 | 마케팅 · 한정규
등록 · 1999년 7월 8일 제2-2876호
주소 · 경기도 파주시 회동길 337-16(서패동 470-6) 푸른사상사
대표전화 · 031) 955-9111(2) | 팩시밀리 · 031) 955-9114
이메일 · prun21c@hanmail.net
홈페이지 · http://www.prun21c.com

ⓒ 유국환, 2022

ISBN 979-11-308-1908-2   03810
값 10,000원

푸른사상
시선

156

고요한 세계

유국환 시집

푸른사상
PRUNSASANG

올봄에 베란다 '백량금(百兩金)'에 싹이 돋더니 삭정이에 잎
이 달리기 시작했다. 말라 죽은 줄 알았더니 믿을 수 없는 일
이 벌어진 것이다. 뽑아버리려다 살아나라고 주문을 외며 몇
년째 물을 준 정성을 저버리지 않았다.

젊은 날 시는 영양실조였다. 늘 음지에서 골방에서 넋두리
를 먹고 자랐다. 그래도 시는 굶어 죽지 않은 젊은 날이 감사
했다. 동취(銅臭)에 빠져 허우적대던 시절, 시는 영양실조를
견디다 못해 스스로 관 속에 누웠다. 몇십 년 동안 잠에 빠져
있었다. 시로써 무엇인가를 할 수 있었던 시대에 온몸으로 밀
고 나가지 못했던 사람의 넋두리를 책으로 내려니 쓸모없는
파지(破紙) 한 묶음을 더하는 것은 아닌가 싶기도 했다.

그럼에도 명산(名山)에 비장하지 못하더라도 간장 항아리
뚜껑으로는 쓰이지 않을 것이라 격권(激勸)한 맹문재 교수의
말에 용기를 내었다. 이데아에 대한 믿음이 사라진 시대에 시
를 부둥켜안고 가는 일이 어떤 의미인지 여전히 고민스러우

나, 이데아에 대한 믿음이 있던 자리에 시가 뿌리내리도록 일조하는 일이 부질없는 짓은 아니리라 자위하며.

　불량한 사람의 시가 책으로 나오기까지 도움을 주신 모든 분들께 감사 드린다. 그리고 나보다 더 기뻐할 노모와 예쁜 아내에게 이 시집을 바친다. 백량금처럼 게을러지지 않겠다는 다짐과 함께.

2022년 4월
텃밭을 바라보며
유국환

| 차례 |

■ 시인의 말

제1부

제2부

제3부

제4부

제1부

도보 여행

집 떠나는 길에 아내의 따뜻한 등과 차가운 손과 혼자된 것의 찌릿찌릿하면서 두근거리는 홀가분함이 갈마들면, 그것들이 오래전부터, 아버지의 아버지, 그 아버지의 아버지로부터 내려온 유산일 것이라는 생각도 하고, 길이 처음 시작한 곳과 끝닿을 곳에 놓인 까마득한 세월의 심연이 아버지의 아버지, 그 아버지의 아버지들을 얼마나 가두어놓았는지도 생각한다.

밤티고개를 넘으며 귀밑이며 뺨이며 겨드랑이에 지천으로 솟던 땀들이 소금버캐로 가라앉을 무렵, 비릿한 밤꽃 향이 소금기에 묻어 스무 살 청년의 살냄새를 풍기는데, 지난 것들이 풍기는 지독한 구린내에 홀로 얼굴을 붉힌다. 나의 시간이 음지식물처럼 외로운 길로 흘러왔다고 산 너머 바닷바람이 일깨워주면 폐병으로 숨져가는 사람처럼 숨이 꽉 막혀 온다.

사흘이고 나흘이고 길을 걷다 추암 해변에 이르렀을 때는 수염뿐 아니라 해초 내음에 젖은 눈빛도 한 뼘쯤 자랐다. 수평선이 위로 유유히 흐르는 흰 갈매기 한 마리가 꾸꾸 소리 내며 바닷속과 허공을 넘나든다. 홀로였던 시간과 함께여서 좋았던 시간들도 가라앉았다 가볍게 날아간다.

대청봉에 동이 튼다. 잿빛 능선이 어둠을 뿌리치고 갈맷빛으로 숨쉬기 시작한다. 손에 잡힐 듯한 그 숨소리를 따라가면 걸어왔던 길과 길 아닌 길들이 서로 만나고, 헤어지면서 주름살을 하나둘씩 키운 흔적이 보이고, 그 흔적들이 이제 이곳에서 하나가 되는 것을 본다.

동이 트는데 내려가려 한다. 내려가지 않아 행복한 바람과 관목과 풀포기들에게 자리를 내주고자 한다. 내려가며 먼저 내려간 어둠과 이제 헐떡이며 올라오기 시작하는 아침으로 걸어왔던 길과 길 아닌 길 속에서 울고 분노하고 부끄러워하던 청년을 달랜다. 오르지 못해 숲속에서 쉬고 있는 어둠 하나가 눈물을 흘리며 돌아가지 말라 돌아가지 말라며 잡는 손길을 뿌리치고, 가뭄 들었던 길과 길 아니었던 길 위에 모래로 먼지로 떠도는 고뇌를 잠재우려 한다.

　고성에서 할머니들이 억센 가격으로 부르는 오징어 회를 초장에 찍으며, 지금쯤 설거지를 하고 계실 혼자 된 어머니의 뒷모습과 따뜻한 아내의 차가운 손과 아이들의 웃음소리가 그립고 애처로워지면 이제 집으로 돌아갈 시간이 된 것이다.

내 마음에 돌섬 하나 있어

발목에 엉기는 해초들 뿌리치고
따개비 달랑게 곁을 떠나
바다제비 배설물로부터도 벗어나
물살에 몸을 씻고 만선의 배를 따라
수평선 너머로 가고 싶었지.

파란 하늘에 안겨
보석 같은 물비늘에 취해보고
산호초 궁전에 사는 노블레스 동경하며
돌고래의 거친 숨소리에 놀라고
너울에 멀미를 했지만
해류를 따라 수평선 너머로 가는 줄 알았지.

지친 햇볕이 먼저 수평선 너머로 나가자
돌아온 바다제비 똥을 갈기고
따개비 달랑게 몸을 숨기는 곳에
더욱 무성한 해초가 온몸을 휘감았네.
한 발자국도 나가지 못한 붉어진 얼굴

어둠 속에 숨겼지.

만선의 뱃고동 소리 모습을 감추고
찰싹이는 잔물결은 도돌이표로 부서질 뿐
깨어지고 갈라진 무르팍에 소금물이 쓰렸네.
눈물을 말리느라 속마저 구멍이 난 채
새까만 외로움에 잠들 수 없었지.

그때 별이 다가와 속삭였어.
그래도 정정(亭亭)하지 않은가.

여린 것, 거센 것,
물살에 굴곡의 몸을 씻고 다듬어
한자리에 오래 있는 것만으로 모든 것 벗하며
외로움의 힘으로 흔들리지 않는 뿌리 키워나가니
그래도 정정(亭亭)하다 하지 않겠는가.

동심원

돌멩이 하나가 연못 위로 떨어진다.

번지는 연쇄 끝에 당신의 얼굴이 조용히 흩어진다.
사라지는 당신의 목소리,
부드럽고 강한 당신의 모든 것들.
사각대는 편지지 소리와 함께 불면의 밤마저 흩어지면
동심원 중심에서 가라앉는 메케한 오월.

돌멩이가 개흙으로 몸을 던지며 일으키는 소용돌이.
소용돌이에 떠밀려 바깥으로 바깥으로 달아나는 파문
들.
파문 끝에 달린 눈물방울
몸을 포개어 연꽃으로 피어나고
태양은 무심하게 잿빛 물비늘로 빈자리를 채운다.

돌멩이 하나가 연못 속에 박혔다.

망각과 침묵으로 스크럼 짠 연못 위로

소금쟁이들 무늬를 만들고,

거미도 무늬를 만들고.

무늬 위로 온기 없는 물음표 하나.

그 언제일까,

가슴속 깊이 가라앉은 돌멩이 건져낼 날.

혼밥

소머리국밥을 먹는다.
후루룩 소리를 내지 않으며
흘린 국물을 화장지로 닦고
깍두기 한 조각 남기지 않는 성실함으로
장년의 비겁함을 지운다.

둥둥 뜬 기름으로 만나는 사람들 틈에서
죽은 이들의 이름을 기억하는 일은 힘들다.
동취(銅臭)와 함께한 세월을 씻고
이름을 지금껏 기억하는 사람들 틈에 끼어
울력걸음하기는 더 힘들다.

호주산 소고기 덩이로
허기진 그리움에 살을 붙이려는 숟가락질이나
외로움을 내색하지 않는 일이 구차하기에

뼈다귀 하나가
국밥 속 비곗덩이에 숨어

땀방울을 흘리며 고개를 처박고 있는 것이다.
고개를 처박고 귀지가 쌓인 시간들과
말라빠진 외로움을 꾸역꾸역 넘기는 것이다.

나른한 오후

이랴이랴 소 몰고 가는데
이슬 좋고 물소리 좋다
이 새끼가 뿔 대고 날뛰면
난 저 개울에 처박히든지 아버지한테 죽으리라

송아지 새끼는 저절로 제 어미한테 가고
어미는 이슬 맞은 풀 뜯고
구름이 알맞게 내려와 땀을 식혀주는데,
둥그렇게 뜬 송아지 놈이 내게 와 기다란 혀를 내민다.
선홍빛 혓바닥이 따가워 손사래 치는데 뺨을 핥는다.
씨발놈 소금 더 줘야겠다.

   손바닥만 한 논이라지만 손바닥 대어보면 천년 세월이
라면서,
   경운기는커녕 동네 어른도 없이 아버지는 첨벙첨벙 논
배미로 들어간다.
   느티나무 그늘에 누워 발가락에 낀 진흙을 떼어내는데
   구름이 개울 건너 향이 누나 얼굴을 그린다.
   내 마음을 아는 듯 젖무덤까지 그린다.

하늘이 흔들리더니
따뜻한 오월에
씨발 오줌 싼 것도 아닌데
아랫도리가 축축하다.
비린내도 아닌 것이
밤꽃 냄새 같은 것이 허벅지로 내린다.
몸이 노곤해지는데.

이 새끼야 하는 소리에 벌떡 일어나니
아버지다.

못줄을 잡는 사람이 없어도
아버지는 담송담송 잘도 모를 심는데.
나는 송아지 새끼를 잃어버렸다.

씨발 종아리로 끈적한 게 흘러내린다.
니미, 올가을에는 미꾸리가 토실토실하겠다.

하늘이 하얀 치마를 벗고 파란 알몸이 되었다.

설날 새벽에

첫눈이 내린다.
시간의 늪에 갇혔던 하얀 쌀가루가 날아와
불빛 속에 서성인다.

그날 새벽은
간밤 불린 하얀 쌀이
담장 그늘에 녹지 않은 자국눈보다 좋았다.

젊은 어머니는
보리쌀 살 돈으로 쌀 사 먹자 투정하던
아이를 앞세우고
방앗간으로 간다.

곱게 빻아진 쌀 반 되가
쌀가루 한 되가 되어 미끄럼틀로 내려온다.

드르럭 드르럭

미끄럼틀에 하얀 쌀가루가 아깝게 남았는데
방앗간 주인은 다라이를 툭툭 치고

한 번 두 번 세 번
드디어 구릿빛 꼭지에서 가래떡이 나온다.

첨벙첨벙

뚝뚝 떼어진 가래떡이
쉬익쉬익 김을 뿜으며
붉은 대야 물속으로 떨어진다.
소년의 가슴도 첨벙거린다.

쫀득쫀득한 가래떡 씹으며 집으로 가는 길에
소년의 입에서 김이 모락모락
어머니 똬리 위에도 김이 모락모락

어둠 속에 눈이 많이 쌓였다.
어머니를 부른다.
숫눈을 밟으며
지나온 세월을 밟으며
젊은 어머니와 소년을 부른다.

견고한 기억

금강공원 바위에는 이끼가 잔뜩 끼었는데 바위 하나가 오랜 세월 버틴 뿌리로 풀과 나무를 떠받치고 있다. 기억의 호미가 뿌리를 들추니 수소보다 가볍고, 폭탄보다 무거운 어린 시절이 나타난다.

무허가 건물이 다닥다닥 붙어 있던 달동네는 주차장이 되었고, 콘크리트 바닥이 지난 세월을 짓누르고 있다.

저 바닥 아래 밤새 드르륵거리며 편물기계를 돌리던 어머니가 있고, 털실을 손에 감고 물레를 돌리던 오누이가 있고, 남은 털실로 짠 옷이 부끄러워 학교에 안 간다고 땡강부리는 초등학생이 누워 있고,

저 바닥 어디메쯤에서 충치로 잔뜩 부푼 잇몸으로 뜨거워진 단칸방을 누이가 길어 온 샘물로 식히는 동안, 아비와 어미의 아픔이 서로 부딪쳐 내는 시퍼렇게 날이 선 욕설과 아비의 폭력에 가슴을 졸이던 누이들의 떨리는 목소리와 아비에게 대들던 아들의 목소리가 들려온다.

콘크리트 위에 때깔 나는 승용차를 주차하고, 다들 선글라스도 끼고, 이끼 낀 바위와는 어울리지 않는 옷차림

으로 금강공원을 산책한다.

산책하며 콘크리트가 덮어버린 집을 살려내 동물원에서 흘려보낸 미꾸라지 이야기며, 소나무 껍질을 껌으로 씹던 이야기며, 여치나 잠자리를 구워 먹던 이야기를 낄낄대며 손뼉치며 얘기하다가 물지게 지고 물동이 이던 이야기와 오징어 껍질로 도시락 반찬을 싸던 이야기와 신체검사 때 더럽다고 담임한테 매를 맞았던 이야기에 이르러서는 눈물이 찔끔 나는데 그때쯤이면 꽃씨 속에 파아란 하늘이 있다는 최계락 시비가 나타나고 우리는 다시 되찾은 웃음으로 이끼 낀 시비를 배경으로 사진을 찍는다.

그때 짙은 소나무 숲을 사이로 따가운 햇살이 들어와 숨을 할딱거리며 종알댄다.

아주 오랜 세월이 지나면 대물림될까 두려운 비굴한 생각이나 말과 행동도 이끼가 될 것이고, 우리도 사랑하는 이들의 어깨에 얹힌 짐을 이끼로 받아들이며 점점 바위가 되어갈 것이라고.

가리비 껍데기

비어 있는 줄 알았던 마음이 슬픔으로 가득 차 있음을 해 질 무렵에야 알았다. 파도가 사자 갈기로 몸뚱이를 후려쳐 나갈 때 시퍼런 꿈이 하얀 물거품으로 풀려나는 소리임을 가리비는 그제야 알았다.

해 질 무렵 견고했던 패각에 숭숭 구멍이 나서 촉수가 뜯기고 속살이 짓이겨질 때 금빛 자개는 이미 모래가 되었다. 빛나던 껍데기가 황혼에 젖었을 때 알았어야 했다.

밤이 되면 어느 누구도 붉게 타오르지 않는다는 것을. 비어 있는 줄 알았던 이념이 부질없는 욕심으로 가득 차 있었음을 어둠별이 뜨고서야 알게 되었다.

처얼썩 쏴
낯선 별들이 모래알처럼 빛나자 물소리가 커졌다.

아포 고모

처서(處暑) 지나 달구비 좍좍 내리던 날이면 빗소리를
뚫고 발소리 웃음소리가 확적하게 들리는데, 그때는 밀
주를 빚어 팔던 고모가 장죽에 뻐끔뻐끔 하루방을 쟁이다
가도 담뱃재를 툭툭 털고 일어서며 놋요강 빛깔의 타구에
카악 가래를 뱉고는 시큼 쿰쿰 축축한 광으로 나를 데려
간다.

얼기설기 볏짚이 삐져나온 토담 벽은 고모 주름살처럼
응그름이 갔는데, 말라빠진 황토가 덕지덕지 붙은 호미며
삭아서 구멍이 숭숭 난 용두레 옆에 쭈글쭈글한 양은 주
전자가 아가리를 헤 벌렸다. 고모는 정갈하게 다림질한
옷소매를 훌훌 걷어붙이고 홀로 살아올 세월만큼 컴컴한
술독에 바가지를 휘휘 저어 주전자에 철철 넘치게 막걸리
를 붓는다.

감자전이 기름에 자글자글 익는 소리가 비에 젖어 처마
끝으로 밀려들고, 마루에는 쏴쏴 빗소리와 함께 참깨가
어깨를 숙이고 바래가는 얘기며 풀숲에 눌려 호박이 물렀

29

다는 소리며 처서에 비가 오면 십 리에 천 석이 감한다는 걱정이며 벼이삭에 멸구가 사태질 것이니 올해는 한 마지기에 몇 섬이나 건질까 하는 셈 소리가 가득 차고, 앞마당에는 닭장 속에 숨어 꾸꾸대는 닭들의 눈치를 보며 꾸물꾸물 기어나오는 지렁이와 달팽이와 훌쩍 자란 대파와 고추 대궁이가 흥성댄다.

막걸리가 몇 순배 돌고 이 비 그치면 벌거지들이 벼를 다 잡아먹을 거라는 고모 말에 사내들이 맞장구를 치면서도 껄껄거리며 희번득거릴 무렵을 기다려 나는 부엌으로 가 막걸리 반 대접에 감자전을 허겁지겁 먹고 사립문을 나선다.

하늘에 있던 구름 안개가 마을까지 내려와 지붕이며 밭이며 논이며를 구분하지 못하는데, 이장네 담배밭 널따란 담뱃잎에도 내가 싸는 오줌 줄기보다 더 시원하게 비가 죽죽 내리고, 옷 입은 채로 발가벗은 몸뚱이와 고개를 든 내 얼굴에 들이치는 빗물을 입으로 받아내며 걷다가,

떠들썩한 소리가 조금씩 멀어지는 골목을 돌아 향아네 집
근처가 되면 종종걸음으로 몇 번이고 왔다 갔다 서성이다
에헴 하는 아함이 소리에 놀라 후다닥 달아난다.

깜장 고무신

깜장 고무신이었죠.
신고 싶던 하얀 고무신 대신
깜장 고무신이 신겨졌습니다.

개학하는 날
깜장 고무신이 창피해서
맨발로 울며 뛰어가는 까까머리 발바닥에
날카로운 사금파리가 번뜩이자
깜장 고무신 쥐고 뛰어오던 여인의 무릎이 꺾이고
엉겨붙은 두 사람의 그림자도 깜장색이었지요.

아버지도 까만 고무신입니다.
부산 동래 온천천
소년이 흰 종이배 따라 손뼉치며 가던 개울길을
당신은 까만 고무신으로
까만 새벽에 떠나
까만 밤에 돌아오셨지요.

돌아오시던 길
어린 베드로는 아버지를 외면했지요.
계집아이 생일 초대 받아 가는 길이
까만 밤이라
반갑게 흔드는 손길을 숨기기 좋았더랬죠.

까망
까망
까망

충청북도 청원군 미원읍 구방리 앞개울에
피래미, 메기, 미꾸리는 힘차게 오르내리고
화덕 불길에 앞마당 장닭이 설설 끓고 있는데,
여섯 자매를 키운 장인이 신던 깜장 고무신은
댓돌 위에서 하얗게 먼지를 쌓아가며
해마다 앞마당에 그리움의 꽃을 피워댑니다.

울 아버지들은

왜 그렇게 깜장 고무신이었던가요.

오늘은 깜장 고무신 꺾어
하얀 모래에 올갱이 깔고 피래미 실어
멀리 하늘로 띄워보고 싶습니다.

아버지의 녹

아버지는
고개를 모로 젓지 않고
손을 높이 든 적도 없이
세상에 묶인 채 녹슬고 있었다.

전화벨 소리를 싫어하는 귀와
쇠고기를 싫어하는 치아와
엉기적거리는 엉치뼈마저 녹이 슬었어도
목소리만은 녹슨 껍질을 훌훌 털어내고
강철보다 단단한 소리로 가랑가랑 귀를 울린다.

배반하는 자식들의 시간이 되었을 때
녹이 몸을 갉아 먹을 때 가장 편안했다고
눕는 것과 웃는 것을 좋아했던 아버지

조각 난 녹들을 각질 벗기듯 날려 보내고
아버지, 아직도 넓은 어깨로 웃으시네.
내 목에 걸린 워낭 소리 울리며
녹슨 아버지의 어깨에 기대고 싶어질 때
저녁노을에 갇혀 오도 가도 못하겠네.

호국원 가는 길

가진 것 없이 떠난 당신
저녁노을 남겨놓으셨네.
바쁜 길 갈 때 앞만 보고 가다가
고갯길 넘어갈 때 친구 삼아 가라고
고추잠자리 한 마리도 남겨놓으셨네.

목에 채워진 워낭을 벗지 못해
한때 말 가시 뽑아 던지고
한때 빈방을 지키는 당신을 외면하였으나
때로는 도란도란 얘기 나누고 싶었고
때로는 함께 손잡고 하늘을 날고 싶었었네.

그때는 몰랐네.
당신의 손등에서 날아온 추억의 포자가
내 손등에 무성히 뿌리내릴 것을.
주름진 이마에 따리 틀고 앉은 회한들이
내 어깨에 둥지 틀 것을.

뽕짝 한 곡 물려주지 않은 당신께

고해성사하지 못했는데

저녁노을

성당 종소리처럼 가슴에 울리네.

텃밭 가는 길

가지랑 호박을 볶아 비빔밥을 먹자며
어머니가 앞장을 선다.

새털 같은 몸집으로
길 위에 먼지 한 톨 남기지 않으려는 듯
느릿느릿 걸어간다.

―어무이, 걸음이 와 그래 느립니꺼?

새 학기를 맞아 처음 등교하는 날. 어머니는 털실로 아
들의 옷을 짜 입혔지. 가게에 넘길 옷을 짜고 남은 장미표
505 털실을 겨우내 모아 만든 옷이 창피해 아들은 넉장거
리를 놓았어. 어머니의 매서운 손길을 피해 달아나다 대문
앞 사복개천에 빠진 오후. 따가운 햇살은 골목길을 벗어나
려 하지 않았지. 바가지로 썩은 냄새를 닦아내던 어머니,
어머니 어깨를 담장 위 사금파리 빛으로 쿡쿡 찔렀지.

그 햇살이 저물고 저물어
다시 어머니 어깨에 내린다.

어머니는
저무는 햇살조차 견디지 못할 어깨로
뉘엿뉘엿 걸어가신다.

수많은 어머니들이 걸어간 길에
자박자박 어머니 걸음 소리가
'철커덕 철커덕'
쇳소리가 되어 가슴을 채운다.

— 어무이, 와 그래 걸음이 빠릅니꺼?

해가 넘어간다.
태어나면서 가장 먼저 부른 이름
이제 불러볼 날이 머지않은 이름

어머니가 손짓한다.
해넘이 산을 환히 밝히며 미소 짓는다.

아내에게

노을에 서서 먼 하늘 바라보는 그대
그대의 시선을 따라가면
떨리는 여백이 있습니다.

길어버려도
털어버려도
다시 차오르던 욕망의 우물
우물의 해일에 밀려 우리들의 시간이 속절없이 떠밀려
갔지요.

노을에 서서 먼 하늘 바라보는 그대
그대 뒷모습에
나의 맹목으로 말라버린 그대 영혼이 비치고
다가서기 힘든 서너 발짝이 있고요.

바람이 지나가며
가벼워지지 않고는 노을에 닿을 수 없다 속삭입니다.
나의 우물에는 이제 물이 차오르지 않네요.

노을에 서서 먼 하늘 바라보는 그대
부끄러워 붉어진 구름 빛깔로
오롯하게 함께할 시간을 꼽으며
슬며시 그대 곁에 섭니다.

별리(別離)

빗줄기에 눈을 달아
이 골목 저 골목 기웃거려도
그대 옷깃 보이지 않고,
숨죽여 귀 기울여도
그대 발자국 소리 들리지 않네.

유리창에 낯선 사내 되어
빗물을 닦으며 그대 모습 떠올려봐도
해묵은 먼지만 닦이네.
먼지 속에 회한만 닦이네.

먼 하늘 바라보지 말고
그대 눈에 실핏줄 바라볼 것을.
먹구름 내려앉은 그대 정수리에
입술 오므리고 따뜻한 숨결 얹어줄 것을.
굵어진 그대 손마디에
꽃 가락지라도 끼워줄 것을.

유리창에 낯선 사내 서성이며

습기 찬 유리창에 쓴다.
구름 위 나라보다 일상이 소중했다고
뒤늦게 쓴다.

일 음절 이름으로 주소록에 남은 그대여.
장편 서사로 가슴에 살아 있는 그대여.

제2부

유월에 터지는 방죽

텃밭에 유월이 지키던 방죽이 터진다. 꽃은 보랏빛 가지, 노란 오이, 하얀 열무, 시퍼런 토마토, 등 붉은 무당벌레. 상추, 호박. 냄새는 비릿한 밤꽃, 새물내 나는 깻잎, 도시인의 웃음소리, 벌 나비들의 붕붕거리는 소리. 흰 구름이 하늘을 열듯 색깔로 냄새로 소리로 홍수 났다.

해도 잔치에 취해 비틀거릴 때 물을 길어 터졌던 방죽을 꿰맨다. 숨죽이던 지렁이가 흙 속에서 습기를 찾아 꼬물대는 동안 새끼 달팽이, 새끼 메뚜기들이 꼼지락꼼지락 팔딱팔딱 저들만의 식탁 위로 오른다. 때 이른 고추잠자리 어지럽게 비행하고, 거미도 먹거리 준비에 분주하다.

아파트 불빛이 미치지 않는 밭두렁을 걸으며 개구리 울음을 동무한다. 어리보기 농부의 꽉 찬 가슴을 바람도 아는 듯, 발걸음을 허공으로 밀어 올리고. 이른 아침에 나팔꽃이 한 잎씩 벌어지듯 이른 저녁에 잊고 있었던 얼굴들이 하나씩 살아난다.

마음이 가벼우면 걸음도 가벼운 것을 그들도 알고 있을까.

북한강에서

풀벌레 날개 비비는 소리
맹꽁이 울음주머니 부풀리는 소리
반달이 남은 반쪽으로 물비늘을 만들어
버들치 팔딱이는 여름밤.

반달은 별자리를 비벼 까끄라기 날려
잠든 것들에 홑이불 덮어주고,
밤은 까만 물감에 달빛을 섞어
흙냄새, 풀냄새에 물비린내까지 그리고
타닥타닥 모닥불에 사랑 얘기 피워놓고.

당신과 나는 쑥덕새 되자
달뜬 쑥덕새 되어 밤새 쑥덕이자.
모닥불에 뜨거운 입김을 훅훅 불어
도깨비바늘처럼 달라붙은 도시의 욕망들
회색빛 재로 날려버리자.

강물은 저의 세상 만난 듯

강물 따라 별들이 세상에 내려온 듯

풀밭 위에서 우리의 세상이 이루어진 듯.

북한강 사랑이 붉은 까닭은

하늘 아래 풀밭 위에서

우리 심장이 버들치처럼 팔딱이기 때문이지,

물비늘처럼 반짝이기 때문인 거지.

꿈꾸는 을숙도

쓰레기 매립장이 들어선 후
쑥부쟁이도 말라 죽던 을숙도에
이팝나무 향이 쌀가루처럼 날리고
청보리밭 트인 사잇길 너머로
파란 하늘이 열렸다.

사라진 칠게, 농게 발자국
황새, 저어새 울음소리
파도가 바느질해두었던 갯벌에도
태평양 깊은 곳에서 길어온 정한수 마시며
갯지렁이 기지개 켜고
새끼 가리맛조개 입을 오물거린다.
입을 오물거리며 실밥을 뜯고 있다.

소만(小滿)은 조금씩 여물어가는데,
파도는 처얼썩 처얼썩 쏴아
사라진 것들의 얼굴을 떠올리며
떠나버린 것들의 이름을 부르며

간물때 지나도록 갯벌을 서성인다.

해 질 무렵, 문득 나그네새,
나그네새 일곱 마리가,
붉은빛 바닷속을 자맥질하다가
안단테로 흐르는 물결에 몸을 비비며
헐렁해진 마음을 바느질한다.

퍼드덕,
퍼드덕 퍼드덕 날갯짓하며
헐렁해진 나그네 마음에 단추도 채워주고
나그네 몸을 싣고 V자를 그리며 하늘로 올라간다.
하늘로 올라가 파란 하늘을 뜨겁게 물들인다.

은모래의 전언(傳言)

지리산 바윗돌이 섬진강 따라 흘러
하구에서 은모래를 풀어낸 까닭을 아는가.

회돌이 부딪칠 때 흰 옷고름 물고 삼킨 소리
강바닥에 긁힐 때 외길로 등 떠밀던 물갈퀴 따위야
바다로 흘려보내고,
퍼석한 뱃살 버리고 가루로 서로 몸 비비며
낮은 곳을 고르고 골라
단단한 속살로 모여든 마음을.

햇살이 모래 위에 메밀꽃 피우는 자리
포클레인 없이 지어진 마을에는
헬리콥터에서 뿌리는 지폐 하나 없어도
덩굴손 벋을 지주대 하나 없어도
여윈 몸 추스르며 여물어가는 재첩들.

한 떼기 그늘이 없어 수척한 백로 한 마리,
진흙 발 씻고 은모래 밭에 들기 위해 서성이나
거르고 거른 마음 아니면 이곳에 들지 못하리.

갈맷길을 걸으며

아미산에 올라 낙동강 하구를 바라본다.

칠백 리 먼 길을 걸어온 신랑을 부드럽게 안는 신부의
일렁이는 치맛자락을 보며,

화동(花童)인 양 햇살이 꽃가루를 뿌린다.

하나가 되어 더 넓고 깊은 세계로 떠나는 부부를 보며

우리는 먼발치서 하객이 되어 서로의 길을 떠난다.

길을 떠나 갈림길에서 헤어졌다가 돌사다락길에서 또
누군가를 만나는 일을 되풀이하는 동안

강과 강은 바다에서 합일하기 위해 지독한 세월을 견뎌
왔고,

저 넓은 여백을 사랑이라는 한 단어로 채워 나간다.

땀 흘리며 멀어져 가는 그대여,

힘든 아미산길 끝나 몰운대쯤에서 다시 만나

산길 내내 품었던 철쭉 한 송이 내밀면

가슴 열고 받아주오.

해가 지기 전에.

느티나무

겨울바람 차가울 때
동구 밖 느티나무를 생각한다.

늘 헝클어져 헤매곤 하지만
기어이 만나고 마는 길들 끝에
빼앗긴 몸으로 창과 칼을 만들어내는 가지.
가지에 찔려 뚝뚝 눈물 흘리는 겨울을 보며
얼음 땅속 깊이 황소 같은 느티나무 숨결을 듣는다.

그래,
가지에 주렁주렁 달리던 여름을 기억하면
겨울바람도 견딜 만한 거야.

오늘은 내가 느티나무 가지 끝에 앉아
북소리가 되고 싶다.
둥둥 울리는 북소리가 되어
살냄새 사라지고 동취(銅臭)만 남은 골목을 건너
길 끝에서 그대와 꽃밭으로 만나고 싶다.

꽁꽁 언 세상을 걸으며
발가벗은 채 눈 맞으며
이를 악물고 또 한 살 더 먹는
느티나무가 되어
먼 길 다시 나서고 싶다.

겨울 원미산

화려하고 지저분했던 색 다 버리고
한 가지 색으로 계절을 건너간다.
한때 연분홍 꽃 살로 자신을 속이고
날뛰는 초록으로 세상을 현혹했으나
하늘 아래 변하지 않는 것이 어디 있으랴.

천둥 번개 뒷걸음질한 지 오래
가문비나무 괴롭혔던 칡덩굴도 실바람에 삭아간다.
숲이며 꿩이며 다람쥐가
흙빛으로 서로를 닮아가니
하늘 아래 잉걸불 안고 살아갈 일은 무엇일까.

아직 마음마다 박힌 가시 남아 있다 해도
몰리는 바람에 가슴 졸이지 않아도 좋은 계절에는
산을 거닐며 안주머니에 묵은 먼지 털어내고
순백의 신부와 함께 진달래 필 날을 기다릴 일이다.

그믐달

그믐달이 엎어졌다.
어둠을 슬퍼하는 입술만 남기고
몸이 아파 이지러져도 거꾸로 이지러졌다.

달뜬 길냥이들이 괴성을 지르는 동안
무딘 호미 날로 하루를 일군
사람들의 꿈에 다녀올 기력조차 잃고
지붕 위에서 기진맥진한 채 엎어져 있다.

그믐달이 달아난다.
살진 엉덩이를 뜯어먹은 땅 위 불길을 피해
어둠 속으로 조금씩 스러진다.

그러나 곧 돌아오겠지.
링거 맞고 있는 마음들 굽어보며
창백하게 녹슨 마음들 모아
살진 보름달 만들어갈 날.

젊은 귀향 농부의 독백

타이어에 체인을 건다.
고부에서 말목장터 가는 길
미끄러지지 않게
말목에서 백산 가는 길
과속하지 않게

적재함에 파렛트를 싣는다.
만석보터 지나는 길
가볍지 않게
황토현 겨울걷이에
일찍 취하지 않게

아내의 마른 입술에 입 맞추며
운전대를 잡는다.
돌아온 고향길
까마귀 발자국 지우며
오월에 태어날 우리 아기
토마토 같은 웃음소리 가득할 곳

눈 덮인 저 끝
칠석교 건너 배들평야를 달린다.

온 겨울 온몸으로 막으며
우금치 울렸던 개틀링 기관총*마저 녹여내어
외에밋들**로 품에 안은 지 백삼십육 년
동진강
붉은 땀방울로 액셀을 밟는다.

비닐하우스도
여린 살결로 한 자 넘게 눈을 받아내었다.
훅훅 다가오는 푸른 잎줄기의 숨결
진딧물과 야합한 개미들의 군홧발을 견디고
창백한 겨울 내내
가슴 조이며 뜨거운 입김들이 달렸다.

뱃속에 아이도 호미 들었다며
하얀 머릿수건 벗고

아내가 붉은 입술로 웃는다.
아이의 심장 소리가 비닐하우스에 가득 찬다.

한때 버리고 떠난 들판에
낯선 피부의 사람들 서성이고
들녘 가로질러 전봇줄 떨고 있지만,
다른 사람 마음이 하늘이듯
내 마음 또한 하늘이니,

유채꽃 필 무렵에는
'부재래지시호(不再來之時好),'***
함께 노래하는 함성이 들판에 가득할 것이다.
그렇게 믿는 것이다.

* 개틀링 기관총 : 장전·신뢰도·연발 문제를 해결한 최초의 기관총.
** 외에밋들 : 너른 평야.
*** 부재래지시호(不再來之時好) : '두 번 다시 오지 않을 좋은 때가
    왔다'는 뜻으로 동학 농민군들이 불렀던 검가(劍歌) 구절.

오랜 거짓말

오랜 장마 나무말미에 짱짱한 햇살에 감사하며
넘어진 줄기 세우고 젖은 채 말라버린 잎사귀 따내고
메워진 고랑에 길을 내고 씻겨 내린 흙으로 뿌리를 덮어준다.

흙 묻은 채 떨어진 오이, 가지, 토마토, 도사리가 아깝지만
산비둘기 까치 허기를 면하게 휘이휘이 던지고
애호박 발등 누르던 잔돌을 골라내고
뭉쳐진 흙들이 어진 마음 가지도록 으깨면
이마에 등에 땀이 송골송골 맺힌다.

여덟 평 텃밭도 지켜내기 힘든데
서른여덟 평 아파트가 편하다는 말은 거짓말이다.

텃밭에서 1

곡우(穀雨)에 알맞게 비가 내려 올해 텃밭은 하늘이 돕는다며 싱글벙글하던 아내가 조막손이 된 오이순을 보고 기겁을 한다. 쪼글쪼글 말라비틀어진 잎사귀 뒤에 새까맣게 진딧물이 달라붙었다. 진딧물을 물고 꽃부리까지 들락날락하는 개미들의 일사불란한 대열. 그 끝에 개미집 구멍이 보인다.

호미로 개미집 구멍을 파헤치니
우왕좌왕하는 개미들 사이로 하얀 알들이 눈부시다.

내 몸 안에 DNA가 숨 쉬고 있듯이
하얀 알에도 DNA가 숨 쉬고 있을 거라.
내 몸은 지구 DNA의 하나쯤 될 것이고
지구는 우주의 DNA의 하나쯤 될 거라.

개미는 저들의 집을 지으며 우주를 지은 것이다.
지구 DNA 중 하나가 호미 잡은 손으로 설탕물을 든다.
시렁으로 둔덕길까지 개미 길을 만든다.

지구 DNA 하나가 호미를 놓은 손으로 기도를 올린다.

진딧물 먹이 찾아

무당벌레 찾아오게 하소서

풀잠자리 날아들게 하소서.

고수레를 외며 재 섞은 오줌을 땅에 뿌린다.

텃밭에서 2

백로(白露)라도 서리 내리지 않기에
지지대 부여잡고 말라가는 오이에
물을 준다.

짧았던 여름
주렁주렁 꿈꾸었을 줄기는
엄지만 한 열매를 단 채 누렇게 힘을 잃었다.
힘을 잃은 줄기 끝 우듬지에
초가을 햇볕 받으며 넝쿨손이 벋었다.

서리 내리면 꺾이리라
시시포스의 허공을 향한 여린 손길,
처연한 아름다움에 취해
떨리는 손을 모은다.

코스모스 피어나고
고추잠자리 찾아오기를.
오늘 밤에 비 내리고 내일 아침 햇볕 들어
씨라도 남겨 내년에도 이 텃밭에 남기를……

시시포스가 걷는 길

새벽 눈길에 발자국이 포개진다. 무심한 따뜻함이 퍼석 얼음을 녹이고, 없던 곳에 길이 생긴다. 밑창 닳은 신발이 젖지 않고, 미끄러지지 않고, 비탈길을 내려간다.

가보지 않아도 끝을 알 수 있는 길은 새길이 아니다. 옷 깃 여미고 이를 딱딱 부딪치며 한 뒷박 꿈을 찾아 나서지만, 길 끝에 나타나는 것은 늘 회한의 시간들. 맹목이 지은 집 사이 거미줄 같은 길을 벗어날 수는 없는 것일까.

얼어 죽은 산비둘기는 행복했을까. 전철을 타며 사람들의 몸에 몸을 포개며 언 손을 비비는 것만으로 행복을 대신한다. 아버지 뒷모습만 보며 새길을 만났던 시간들은 이제 돌아오지 않는 것인가.

신발은 젖지 않으려 애쓰나 무슨 소용인가. 신발은 미끄러지지 않고 비탈길을 내려가나 이 또한 무슨 소용인가.

어찌하여 카뮈는 회한이 기다리는 줄 알면서도 앞선 발자국에 발자국을 포개야만 존엄성을 지킨다고 했을까.

늦된 오이의 소지(燒紙)

백로(白露)가 지났습니다.

이제 제게 남은 건 노란 조막손 꽃에 달린 오이 넝쿨손
뿐.

여름 내내 척박한 땅에 태어나 진딧물 이겨내고 장맛비
견뎌 환금성(換金性) 좋은 열매를 일구었지요.

당신이 맨 처음 터를 정해줄 때부터 모든 것이 예정되
어 있음을 알지 못했기에 밤에도 행복했습니다.

그러나

넝쿨손이 맞이할 것은 예정된 시간.

당신의 뜻대로 남은 비틀어지고 마른 몸뚱이,

결실 없는 꽃봉오리뿐인 것 원망하지 않습니다.

다만

고추잠자리 앉은 자리에 이파리들이 부서질 때까지

버팀목 하나둘 뽑혀 뒹굴고 앉은 자리에 폭삭 먼지로
주저앉을 때까지

두려운 시간 앞에 뜨거운 산화(散花)로 맞설 수 있게
지나가는 햇살 반 홉으로 꽃봉오리 데워주시고
한 움큼 비 내려 뜨거운 뿌리 식혀주시기를,

그 후에
내가 흙이 된 자리에 다시 씨를 뿌리시기를……

민달팽이

　와실(蝸室) 하나 가지지 못한 놈이 가여워 건너 풀섶으
로 귀양을 보냈더니만,
　엘바 섬에서 귀환하기라도 한 듯이 며칠 만에 세를 불
린 민달팽이, 배추밭을 쑥대밭으로 만들었다.

　통통하면서 슬몃슬몃한 몸짓으로 무허가로 먹고살겠다
고 고집하는 뻔뻔함에 분노하다가
　무허가로 살았던 부모님과 녹수낭*으로 물을 마시던 비
구의 가르침이 떠올라
　그 뻔뻔함의 기세에 기가 눌리고 만다.

　착하고, 친절하고, 겸손하게 사는 법과는 다른 비법을
민씨 가문에서 물려받기라도 한 듯이,
　꿇을 무릎도, 싹싹 비빌 손도 없이,
　도리어 가진 것을 나누어 먹는 법을 배우라고,
　인간의 생명만이 소중한 게 아니라고 가르치려 든다.

　사유재산의 권리를 속으로 되뇌지만,

와해전술(蝸海戰術)로 덤비는 도도(滔滔)함 앞에 허리를 굽힐 수밖에 없다.

　새끼손톱보다 작은 그놈 자식들 때문에 차마 죽일 수 없다고, 사람은 모름지기 착하고, 친절하고, 겸손하게 살아야 한다고 변명하면서.

　돌아오는 길에 그놈과 같은 심지로 살지 못하는 나약함을 후회한다.

　녀석들을 제거하지 않는 한 배추의 노란 고갱이는 언감생심이다. 또 알을 까서 내년 농사까지 망칠 것이다.

　더불어 산다는 것은 힘든 일이다.

* 녹수낭(漉水囊) : 비구가 늘 가지고 다니는 주머니. 물을 떠서 마실 때, 물속에 있는 작은 벌레나 티끌을 거르는 데 쓴다.

제3부

뭍으로 간 망상어*

　자신이 포유류인 줄 안 망상어는 바다를 떠나 뭍으로 가고 싶었다. 뭍으로 가 뱃속에 든 새끼들과 함께 포유류로 살고 싶었다.

　해초가 목을 휘감고 갯바위에 무르팍이 깨질 때, 모든 것을 통과의례로 여겼다. 나오지 않는 젖을 쥐어짜 새끼의 허기를 달래며 태풍으로 파도가 날뛸 때, 이랑 위를 뛰어오르며 기뻐 날뛰었다. 망상어는 파도를 타고 금방 허공을 날아 뭍으로 올라갈 것이라 생각했다.

　황금빛 백사장이 청정무구 하늘빛과 가벼운 파티를 벌인 아침. 비늘 뽑힌 몸뚱이로 모래밭에서 새하얀 숨을 몰아쉬면서도, 낚시꾼이 터진 새끼집을 갈고리로 헤집어도, 망상어는 뭍에 새끼를 낳는 산고(産苦)라 생각했다.

---

　* 망상어 : 다른 물고기와 달리 새끼를 뱃속에서 키워 낳는다.

바람이 머물렀다 간 자리
 — 어느 배달 라이더의 죽음에 부쳐

적색 신호등이 켜진다.
땅에 발을 딛고 헬멧을 벗는다.
풀려난 것에게 바람이 와닿는다.

이자 붙는 몸뚱이 하나 있어 요행이다.
섭씨 30도가 넘는 피크 타임에 붙는 천 원이 있어
점심은 굶어도 좋다.
배달통에 담긴 냉면 얼음이 녹기 전이라면
땀이 등줄기를 흘러내려도 좋다.

참 잘했다.
오지 않는 손님 기다리며 쌓여가는 고지서 보지 않도록
새벽 걸음으로 준비한 찬거리 버리지 않도록
건물주 전화 소리에 화들짝 놀라지 않도록
아내의 엉터리 웃음 보지 않도록
딸내미 처진 어깨 보지 않도록
오토바이 면허 따길
참 잘했다.

아내는 안면이 떨리는 게 스트레스 때문이라지만
내가 스트레스 받을 일이 뭐가 있나.
냉면 받아든 청년들이 고맙다, 고생 많다는 말 한마디
가 에어컨만큼 시원한 것을.
누더기가 된 딸내미 꿈도 오토바이로 한 걸음 한 걸음
기워나가는 것을.
폐업의 잿빛 경고등 앞에서도 아내 눈빛 켜지던 것을
운전 조심하라는 늙으신 어머니 문자가 있는 것을.

길을 막는 적색 신호등
곧이어 청색으로 바뀌는 것을.

청색 신호가 들어오고,
등줄기로 한 줄기 바람이 타고 들어왔다.
23톤 화물차 아래로 1톤 오토바이가 미끄러진다.

밀린 잠을 자기로 했다.

여름의 끝

소나기 맞아 말매미 울음이 잠시 그친 도심의 거리,

그 울음에 달라붙은 매연을 긁어내면 알싸한 여름이 있다.

장돌뱅이 소나기가 벌거숭이 흙과 아무렇게나 몸을 섞어 들풀을 무성히 피워내고,

흠뻑 젖어 찰싹 붙은 머리털이며 비치는 젖꼭지 위로 김이 풀풀 피어나던 원두막에 깔깔대던 웃음과 함께 제멋대로 쪼개진 수박 덩이가 있고.

소나기 그쳐 불어난 개울에는 미친 미꾸리, 어쩌다 메기. 손자보다 더 신이 나 바윗돌을 들썩이던 할아버지,

그날 밤에 할아버지가 모깃불을 피운 평상에는 별자리가 옛날이야기처럼 뿌려지고,

숨을 죽이고 듣던 풀벌레가 다시 울기 시작하면 감나무 처진 가지 사이로 달이 고개를 내밀고.

소나기 그쳐 깨끗해진 거리에

아이들도 할아버지도 보이지 않고

빌딩이며 아파트며 엔진 소리에 가려
구름도 하늘도 보이지 않는데
다시 말매미가 울기 시작한다.

CCTV의 증언

분명히 보았지요.
한 여인이 마트에서 분유를 가방에 넣더니
이내 수갑을 차더군요.

저는 모르죠.
왜 실론에서 여기까지 왔는지
그 여인이 두 살배기 아이를 둔 엄마인지, 아닌지.

남편이라더군요.
일용직 노동자가 꼬깃꼬깃한 지폐를 건네던데요
저는 몰라요.
꼬깃꼬깃 구겨지는 다섯 식구의 저녁을

저는 알아요.
뺑소니 승용차 번호를 기억하거나
모텔 거울에 숨어 지켜본 것을 까발릴 때
사람들의 엔도르핀이 팍―팍 솟지만
검은 승용차에 실린 사과 상자에 대해 말하면

분노 속에 침묵한다는 것을

저는 항상 아래만 봐요.
높은 담장 안을 지켜보다가
눈이 멀고 기억을 잃어버린 친구들
어디론가 폐기 처분된 친구들을 봤거든요.

하지만 분명히 보았어요.

추운 겨울날
네거리 밝힌 촛불이
벌거벗은 플라타너스 졸가리를 덥히는 것을,
별만큼 많은 눈과 눈들이
스리랑카 여인 한 사람을 위해 반짝이는 것을.

박카스 병

공원 벤치 아래 박카스 병 하나.
누군가의 피곤한 하루를 위로한 후 버려져
이제 노동의 윤회에서 벗어나고 싶은 빈 병 하나.

빈 병은 기억할 거야.
몸뚱이가 발가벗겨지고 시간의 물살에 씻겨
또 컨베이어 벨트에 누웠던 매춘의 시간들을.

사금파리가 되고 싶을 거야.
노동이 끝난 후 텅 빈 것에서 벗어나
갈맷빛 칼날로 양지바른 곳에 누워 햇볕 즐기는.

그러나
기댔던 벤치가 황혼에 젖어 냉기를 뿜고
텅 비어 있던 곳에 외로움이 차오르면
한낮의 열정이 죽고 윤회하고 싶은 욕망이 고개를 들겠
지.

그래서 아침을 기다릴 거야.

노인 한 명 찾아와 외로움을 수거하기를

차가운 외로움에 갇혀 있기보다는

컨베이어 벨트에 몸을 맡기고 싶어질 거야.

소주 한 잔

— 택배 기사 한 씨에게

동트지 않은 새벽

어깨 위 내려앉은 별을 현관에 털면 정겨운 숨소리들, 별만큼 무거운 숨소리들

까치발로 거실을 지나 식탁에 앉으면 핸들처럼 둥근 밥그릇, 둥근 숟가락, 찌개가 끓는 동안 밥 한 술 위에 달랑무를 얹는다.

소주 한 잔에 밥 다섯 술.

뜨거운 한 잔으로 장딴지에 몰린 피를 심장으로 돌게 하고, 달그락달그락 다섯 술의 힘으로 허기진 하루를 달랜다. 자궁 속으로 돌아가지 않아도 익숙해지면 굳은살 박인 하루도 견딜 만한 법이라.

소주 한 잔에 밥 세 술

아내의 한숨이 닿지 않을 만큼 천장이 높아지고, 자라는 아이들처럼 책상이나 침대도 자라면 좋을 것을. 하늘은 호미 없이도 하루에도 몇 번씩 구름 농사를 짓더니만

날마다 날을 세운 호미로 하루를 일구기도 벅차누나.

　찌개가 끓는 소리

　찌개 국물에 소주 한 잔. 맑은 술잔 속으로 땀 한 방울 떨어지면 숨었던 것들이 눈을 뜬다.

　숨을 멈춘 채 손을 맡긴 막내 살결이 솜털처럼 부드럽다.

　부스스 눈을 비비는 아내의 손가락이 부었다.

　바람이 빠진 뽁뽁이가 되어 그들을 살며시 안으면 속에서 찌개 국물 같은 것이 끓어오른다.

　붉어진 얼굴로 소주 반 병을 잠근다. 잠그며 생각한다. 지금까지 빨간 신호등을 잘 헤쳐왔듯이 시간은 그럭저럭 흘러갈 것이고, 언젠가 신호등 없는 도로를 달릴 날이 올 것이라고.

　동이 트기 시작하는 새벽에.

시간강사 Y씨의 하루

이른 일곱 시 서부역 앞

─지하도를 지나면 몸이며 옷이며 땟국물에 전 사람들
이 아직 깨어나지 못하였거나, 잠들지 않았던 사람들이
새우깡을 안주로 소주를 마시거나, 문뱃내 물컥 나는 누
런 이빨로 행인들에게 손을 벌리거나,

동냥을 구하는 손 위로 물기 먹은 샴푸 향이 스치는 듯
지나고, 밤샌 신호등이 충혈된 눈을 껌뻑거리면 밤샌 클
랙슨도 빵빵 울리거나, 멈춰 선 발걸음에 노란 토스트 냄
새와 검붉은 아메리카노 향이 얹히거나,

간이매점 앞에 복작이는 사람들 중 하나가 되어 색 바
랜 영화 포스터에 흘깃흘깃 눈길을 주며 차례를 기다릴
뿐이다.

오후 두 시 강의실

─엎드려 자는 놈들이나 스마트폰에 열중하는 놈들이 하
나둘 늘 때마다 무기력한 삶 끝에 달려 있는 어머니 말씀을

생각하며 하고 싶은 말도 죽고, 하고 싶은 생각도 죽고,

　종이 커피를 마시며 어린 시절 텅 비었던 어머니의 주머니와 가족 여행을 앞둔 어머니의 들뜬 목소리가 달콤함과 따뜻함으로 가슴을 채우는데,

　시작종이 울리자 데워진 가슴이 쓰레기통에 던져지고, 식었던 목소리가 꾸물꾸물 살아나 '이놈들아 졸지 마라, 이놈들아 스마트폰 치워라'며 또 다른 뜨거운 소리로 가슴이 떨린다.

　늦은 일곱 시 서부역을 나서며

　─뜨거움과 차가움이 요동치는 일이 멈추고, 잔멸(殘滅)하는 노트북 모니터 화면 위로 다가갈 수 없는 것들이 스러지면 출출해진 골목의 시간이 다가온다.

　정정(亭亭)한 불빛 사이로 청년들이 호랑나비처럼 날아다니고, 나래짓 속에서 백악기 화석처럼 남아 있는 젊은 날을 찾아내면, 넓디넓다는 서울의 한 모퉁이에서 쓸쓸함이 날이 선 손톱으로 온몸을 할퀴고, 주소록을 검색하다

끝내 통화 버튼을 누르지 못한 손가락이 혼자 술 마실 곳을 찾아 어슬렁거린다.

서부역을 벗어나지 못하고, 아홉 시, 열 시까지 어슬렁거린다.

유성 생식하는 0과 1

바위 하나가 풀과 나무를 품고 있다.
세월이 지나면 풀과 나무가 바위를 품으리라.
저 교감에 비하면 우리들 고민은 한 홉도 되지 않는다.

0과 1이 인간을 품고 있다.
빛의 속도로 교감하고,
바이러스처럼 번식하며
거머리 빨판처럼 붙었다.

0과 1을 지배하는 자가 세상을 지배하고 있다.
0과 1이 포유류의 뇌를 파충류로 퇴화시키고,
0과 1로 무성 생식한 돈이 파충류들을 유성 생식시킨다.

풀과 나무가 바위 하나를 품고 있다.
세월이 지나면 바위가 풀과 나무를 품으리라.
저 교감에 비하면 0과 1은 수소보다 가벼운 것이다.

복사골 감자탕

    삼십 년을 고아 삶은 등뼈에 붙은 살을, 주인 머리카락을 닮아 희끗희끗한 우거지 위에 올립니다. 뚝배기 한쪽에 고이는 황톳빛 국물. 뜨거운 국물에 함께한 시간들을 맙니다.

    젊은 단골들이 집을 키워 서울로 떠나는 동안 한 치도 넓어지지 않은 사방 벽에는 사연이 낙엽처럼 쌓였습니다. 벚꽃처럼 맑은 대학생들의 웃음소리며, 한여름 출입문 앞 쌈지 쉼터에 오가던 노인들의 정담이며, 소주 한 잔 밥숟갈 하나에 가득가득 올려진 촛불 이야기들이, 언 손으로 뜨거운 입김을 토해내던 구석진 탁자만큼이나 낡아갑니다.

    우거지를 씹으며 고향집 마루 끝에 달린 저녁 해를 봅니다. 노글노글한 뼈다귀를 뜯으며 연탄불 위에서 지글거리던 배고팠던 소년을 건져냅니다. 우려낸 국물을 훌쩍이며 어머니 머리 위 똬리 위에 놓인 물동이를 떠올립니다. 콧물을 훌쩍이며 구멍이 숭숭 난 뼈다귀를 빈 통에 덜어

냅디다. 줄어든 국물에 밥알도 들어내며, 자꾸 줄어드는 우리들의 시간을 생각합니다.

　짜지 않고 맵지 않은 감자탕의 아름다움이 우리 삶에 둥지를 틀 수 있도록 비는데 주인의 주름살에 무성한 검버섯이 자꾸 가슴에 포자를 날립니다. 허연 백발이 송곳이 되어 뭣이 소중한 것이냐고 자꾸 찌릅니다.

역곡 바게트

길모퉁이 문 닫힌 상가. 한때 화장품 가게였다가 땡처리 옷가게이기도 했고, 몇 번이고 주인이 또 바뀐 뒤 임대 문의 전화번호가 색 바래가던 가게.

갸름한 손목과 우윳빛 목덜미를 한 여인의 '고맙습니다'란 목소리가 첫 출근길 가슴을 닮았던,
돈 벌어 곰소에 계신 부모님을 모실 작정이라던 사내가 프랜차이즈 빵보다 더 맛있는 빵을 만들겠다던.

구수한 빵 냄새가 침샘을 자극하던 겨울 저녁,
'단 하루, 70% 세일'이란 붉은 종이가 걸리고. 다음 날 부터 굳게 문이 닫히더니,
빵과 함께 구워왔을 여인과 사내의 사연도 굳게 닫혀버 렸지.

지금은 휴대폰 매장이 된 가게를 지나며,
애들 학원비로 투덜대는 여인과 반찬 투정에 곁들여 딱 한 잔만 할 거라는 사내를 떠올리며

따뜻한 봄기운으로 다시 그들의 사연을 구워갈 수 있
도록.
세상이 그들의 어깨를 누르더라도
살짝만,
잠깐만,
누르기를 비는 것이다.

그림으로 남은 엄니
— 김암기 미술관에서

KTX를 타고 가며 그는 세상이 홍어 거시기보다 못하다
고 했다. 고향 떠난 사람이 반성문 하나 쓸 시간조차 주지
않고 달리는 세상이 얼마나 모진 것이냐며 지난 세월을
하나씩 집어 차창 밖 빗줄기에 꾸역꾸역 녹여내었다.

사람들은
목포역에서 갈라진 백 년 묵은 갯냄새랑 그 냄새에 실
린 아부지 엄니들 눈물들이 헛바람에 날리지 않도록, 빗
물에 씻겨 가지 않도록, 붉은 벽돌집에, 혹은 초콜릿 빛
함석 지붕 아래 차곡차곡 쌓아두고, 지금의 땀 냄새가 백
년 후에 갯냄새가 될 것을 기다리며 먼바다를 바라본다.

노적봉 오르는 길에 미술관이 보이고, 백 년 묵은 팽나
무가 빗방울을 후드득후드득 떨구자 그의 목소리가 갈라
졌다.

—저그가 울 엄니 있는 곳이여. 울 엄니가 괴기 창시기
를 뜯고 있는디 미술 선상님이 떡 하니 캔버스를 펼치고

있더랑께. 난 창피해서 괴기 상자 뒤에 숨었지. 엄니는 땟
국 전 머릿수건으로 얼굴을 가린 채 망부석이 되었더만.

　이게 그 그림이여. 여그 해 질 무렵 녹슨 드럼통 앞에
붉은 스웨터 입은 여인이 울 엄니지.

　비가 그치자 불그레한 목포항이 발아래 놓였다. 내가
영산강에서 내린 물로 바다가 많이 흐려졌다고 하니까,
그는 지금은 토사 땜시 바다가 흐려도 그 토사 땜시 바다
가 자꾸 넓어지고 먼바다로 날아갈 것이라 한다.

　물안개가 조금씩 걷히자
　해무(海霧)가 목포항을 떠나 먼바다로 날아가고 있었다.

온금동 꼭대기 빈집

목포항에서 미곡이 실려 가고
멀리서 피난민들이 몰려오는 동안
유달산 허리를 타고 올라간 마을.

물지게가 땀을 질질 흘리던 아흔아홉 계단이 끝나고
올뫼나루길 도로명도 끝나고
암벽에 기댄 잡초가 간신히 떠받치는 빈집.

할머니는
세간 도구 그대로 남겨두고
몸만 달랑 어디로 가셨나.
포비딘액 절반 넘게 남겨두고
무슨 상처가 아려서 멀리 떠나셨나.

장맛비 내리는 오늘
친구 잃은 화투가 점을 치며 들려준다.

　-똥이 뜨면 뭐 한다냐 돈이 들어오면 뭐 한다냐

매화가 뜨면 뭣 하고 임이 온들 뭐 한다냐

얼씨구

이번엔 솔이 뜨는구나

대처로 간 조금새끼* 오나 싶어 문 빼꼼 열었디만

조선내화 녹슨 굴뚝 위로 비만 주룩주룩 내리던걸.

양지바른 다순구미

오도 가도 못 하는 아흔아홉 계단 끝에서

안강망 걷다가 달아난 영감을 허벌나게 기다리다

이곳에 살던 할머니

몸만 달랑 어디로 갔나.

담장 아래 쑥부쟁이 혼자 지키기에 너무 무거운 빈집.

* 조금새끼 : 고기잡이가 시원치 않은 조금 무렵 남자가 집에서 쉴 때
　　생긴 아이들.

옛날 옛적 몰운대에는

해 질 무렵 다대포에
칠백 리 길 걷고 걸어 고단한 숨 내쉬며
짐 푸는 강물이 전해주는 엽서.

삼백 리는 사랑하는 이를 가슴에 안고 걸었고,
또 삼백 리는 한 번도 날아보지 못한 서러움을 삼키며
걸었고,
나머지 백 리는 모든 것 덜어내고 바람처럼 가벼워지기
위해 이곳까지 왔다네.

그렇구나. 옛날 옛적에는
내 곁에도 고무줄놀이하는 여자아이가 있었고,
한 번은 세상 사람 주름 펴기 위해
또 한 번은 부모님 웃음 짓는 모습 보기 위해
머리카락 날리며 주먹 쥐고 들판을 헤매던 젊은 때가
있었고,
지금은 뜬구름 같은 기억을 씻으러 몰운대로 왔구나.

그렇구나,
기억을 가라앉히지 않고서는
바람처럼 가벼워지지 않고서는
바다에 들지 못하는구나.

저 바다는
붉은 물비늘로 풀린 사연들로 수심을 이루었으니
해 질 무렵에는
부풀었던 돛을 접고, 자맥질해서
세상에 떠오르고 싶지 않아라.

깊어가는 섬진강

살면서
묵은 강이 들려주는 사연 들어보았는가,

산골짜기 탯줄을 끊을 때부터
부딪치고 긁힌 생채기 품고
조용한 소리로 깊어가는
강바닥의 마음을 헤아리는

회돌이에 멈추지 않아야
고운 모래 쌓을 수 있다는
부딪치고 부서질 때가 아름답다는

그대 가슴에 숨긴 아픈 소리가
가벼운 발걸음에 묻어날 때
배냇저고리 감싸주던 어매의 마음으로
할퀴고 지나갔던 자국마저 안아주는

그러고는

고개 들어 구름을 보며
자신을 벗하며 흘러가며
고독을 이기는

침묵 속에
보금자리 찾아가는 새소리 들으며
조금씩 바다로 다가가는

묵은 강이 들려주는 사연을
들어보았는가.

낙지 초무침 아짐씨

어떤 말에 찝찌름한 맛이 씹힐 때는

갈 곳 잃은 그리움과 원망이 한데 섞여 회돌이치다가 쿰쿰한 시장에 똬리를 틀고 앉아 '난쟁이 좆질하던 놈'이 애먼 낙지를 탕탕 치는 소리로 변신하는 즈음인데, 그때는 장편소설 분량의 사연이 두어 마디 접시에 담겨 새콤달콤한 초무침에 삭힌 홍어 맛도 실리는 것이다.

어떤 노래에 하얀 그림이 실릴 때는

막걸리를 권커니 잣거니 하며 목포의 눈물마저 잔에 담길 즈음인데, 그때는 젓가락들이 삼학도에서 낭군을 기다리던 아낙의 옷섶이 되고, 그 옷섶이 다시 세 마리 학이 되어 저마다의 빈 하늘로 날아가고, 유달산 바람이 모질게 흐르는 영산강을 안듯이 그리움도 원망도 모두 품에 안는 것이다.

사람 사는 맛이 막걸리 식초 맛이랑께.
그녀의 작별인사가 돌아서는 신발짝에 조청처럼 쩍쩍 달라붙는 것이다.

제4부

부활하는 집강소

갑오년 오월은
허기 채우던 보습으로 만석보 허물고
스스로 물러날 줄 모르는 승냥이 떼, 성 너머로 내몰고
집강소 현판과 깃발로 마을의 주인 삼은 날.
파리코뮌보다 더 큰 활자가 가슴에 새겨진 날.

명치를 꽉 막고 있던 빚 문서 불태우자
꼬부라진 할멈 등짝이 배추꽃나비 되어 날아가고
아이 얼굴 버짐 꽃에 떡고물이 피어났지.
구들장에 누룩도 피어났지.
하루하루가 넘치는 허연 밥물보다 아까웠지.

그러나
넘어지면 부축하고 쓰러지면 일으키고
쉰 번을 더해 넘으려던 우금치
카르랑 카르랑 개틀링 기관포 소리에
길이 끊기고 문이 닫혔네.
갑오년 동지 반달은 보름달이 되지 못한 채

동진강 속에 몸이 빠졌다네.
집강소 깃대가 꺾인 마을
처마 끝 제비 떠난 곳에
섣달 살바람이 둥지 온기마저 빼앗아 갔다네.

오늘은
신축년 곡우 지난 아침
밤새 진양조로 울어대던 두승산 뻐꾸기
떼 지어 휘모리로 날아든다

갑오년 집강소는
민중이 주인 되는 세상 마중물이었다네
뻐꾹

갑오년 우금치는
이 땅의 해방구를 위한 번제(燔祭)였다네
뻐꾹

그리하여 갑오년은

새벽까지 어둠을 끌고 가는 붙박이별이었다네

뻐뻐꾹

어긔야 어강됴리

들메끈 동여매고 쟁기 짊어지고 나설 때
나가 말렸지요.
만석보 허문다고 젖이 나오요, 쌀이 나오요.

사람이 쌀로만 사는 게 아니제.
어매가 어떻게 죽은 줄 알어?
화를 삼키다가 반위가 들었던 거랑께

관아 곳간이 열릴 때는 참말로 좋더만이라.
나락이 손가락 사이로 이렇게 술술술 타고 흐르는 거
안 해봤시믄 말들을 하지 말더라고 잉?

그랑께 남정네 가는 길에 꽃이나 뿌리라니.
쫌만 있다 전주성까지 함락하믄
이제 임금님도 우릴 달리 볼 꺼라니.

어긔야 어강됴리 아으 다롱디리

우매, 집강소란 게 참말인가 보요.

106

이화세계가 뭔지는 시방 모르지만
인자 굶어죽은 사람 멍석 덮지 않아도 되겠소.

곰배 녀석 얼굴에 버짐이 없어졌구만이라.
아따, 저 노무 새끼 삼시세끼 부족해서
버짐까지 먹었구나만이라. 호호호

옆집 복길이 할매 있잖소? 어깨가 귀 넘어간 할매.
그 할매 송곳니가 새로 났다지 뭐유?
머리털에 꺼머죽죽 솜털 날 때도 희한하더니만.

저 건너 배들평 배 씨 영감은 항꾼에 아들 둘 다 치운다
네.
저 짝 부안에서 벌써 가마 왔다는데.
이참에 우리도 며느리 들일까?

어긔야 어강됴리 아으 다롱디리

간 밤 꿈이 좋지 않았다잖소?

107

두승산 칡덩굴이 당신 몸을 칭칭 감고 있더만요.
여기 집강소 일도 많은데 이번에는 집에 있으랑께요.

아따 그 여편네, 또 남정네 옷고름에 갈고리 걸고만이라.
우리 동학군이 이제는 천하무적이란 말일씨.
여기 노란 부적이 날 지켜줄 꺼이니 걱정일랑 하들 마소.

그라만 이 솜옷이라도 쟁여 입으소.
왜놈들 쏘는 총알이 다 여기 박히게 해두었응께
성한 몸으로 싸게싸게 돌아오소. 곰배가 있응께.

공주성 넘어 한양까지 한달음에 달려갔다 올 끼구마.
알 못 낳는 암탉 끓는 물에 털 뽑아 먹고
나 생각나거든 사씨남정기나 열심히 읽으소.

어긔야 어강됴리 아으 다롱디리

그라고는 안 돌아왔지라.
이제 언문이 눈에 익어 불쌍한 사 씨 읽느라

108

이리 오래 안 올 줄 몰랐제.

아이고, 무슨 재주로 시신을 찾는대?
자그마치 만 명이래요, 만 명, 어떻게 찾을 것이여?
물색 모르면 싸개통 덮어쓰기 전에 보따리 싸고 따라
오소.

관군이 용하긴 용혀.
저 두승산 자락에 꼭꼭 숨겨놓은 곰배를
판수 점통 집어내듯 콕 찍어 찾아내더만이라.

그랴도 감사허제. 묻어줬응께
그란디 나도 인자 죽창 들어야 쓰것는디
오라는 사람이 읎써. 자네 아는 사람 있는가?

어긔야 어강됴리 아으 다롱디리

당신과 내가 기다리는 날
— 미전향 장기수, 신념과 의지의 화신 이인모를 기억하며

발걸음 뜸한 인터넷 골방에서 10년이 지난 당신의 부고를 접하고 누추하지만 아름다웠던 당신의 시간과 정조를 버린 나의 시간을 생각합니다.

세석평전 진달래를 날리던 바람이 당신의 붉었던 입술을 각질로 덮을 때 하늘에는 무엇이 있었던가요.

광화(光化)의 거리에 최루탄과 촛불이 쉼 없이 뜀베질을 하는 동안 골방에 갇힌 당신의 인공기는 하나둘씩 주름살을 먹어갔겠지요.

마침내 귀향하는 날, 귀까지 올라간 당신의 어깨가 받아내는 고향 하늘은 상처가 아물었던가요.

풍문으로 듣던 금남로의 핏자국에 떨쳐 일어났던 시간이 있었습니다.

아크로폴리스 광장으로 투신한 광주의 아들*, 손으로 그 핏자국을 닦아내던 짧은 시간과 땅을 밟기 두려워 허공으로만 날아다니던 긴 침묵의 시간이 있었습니다.

변절한 자들의 손으로 더럽혀진 광장에서 벗어나 골방

에 갇혀 혼자만의 세상을 꿈꾸던 아주 긴 시간이 있었습니다.

이제 고단했지만 장엄했던 당신의 시간을 닦듯이 안락했으나 누추한 나의 시간을 닦아내듯 닦아내야 할 시간이 왔나 봅니다.

뱉은 말들이 쌓아 올린 교묘함과 내가 뱉지 않고 꿀꺽 삼킨 말들이 쌓아 올린 비겁함이 불꽃을 튀기며 맞서 싸워야 할 시간이 왔나 봅니다.

그리고 반만년 동안 기다리고 기다려도 오지 않는 그날, 당신이 엘리트의 길을 버리고 찾고자 했던 그날을 다시 꿈꿉니다.

당신의 이름 앞에 딸린 서로 다른 호칭이 하나가 되는 그날을.

* 1981년 5월 27일 서울대 경제학과 4학년 김태훈 열사는 '전두환 물러가라'는 구호와 함께 도서관 6층에서 투신하였다.

용머리 해안에 부는 바람

풍화혈에 쌓인 시간에 마비된 이마를 적시려고 용머리 해안에 시원한 바람이 분다.

이 바람은
나그네 이마 너머 산방산 넘고 한라산 넘어, 황토현 넘고 백두산 넘어, 시베리아 벌판 너머 알프스산맥까지 가서 코뮌과 소비에트에서 뜨겁던 날숨들을 모아,
황토현 깃발을 나부끼게 하고, 제주 오름마다 봉화를 올리고, 무등산 자락에 이팝나무 지천으로 피워 올리고, 촛불 꺼지지 않게 손목 떠받치던 바람이라 시원한 거라.

또 이 바람은
물 위로 고개 내민 잠녀들 숨비소리 틔우고, 땡볕에 타들어 가는 피부리풀 들숨 쉬게 하고, 눈물 가득 안고 시뻘건 용암 삭이며 사는 사람들 막힌 가슴 풀어주는 바람이라 시원한 거라. 그 바람의 들숨을 내가 마시고, 내 날숨을 산 것들이 받아 마시므로 시원한 거라.

용머리 해안 돌개구멍으로 180만 년 전에 불던 바람이
불어온다.

 티라노사우루스의 지배가 끝난 땅에서 풀씨 키우던 바
람을 영등할망이 들숨 날숨으로 몰고 온다.

 몰고 와서 바다에 씨 뿌리고, 조청에 빠진 쇠붙이 마음
들을 먼바다로 실어간다.

하귀리 가는 길

처서를 지나고도 한참을 떼쓰던 여름 해가 숨비기꽃 흔들림에 발길을 돌렸습니다.

해가 아무리 따가워도 파도가 아무리 짠 내를 몰고 와도
밭담 틈새 무리지은 꽃들이 나의 저항은 꽃을 피우고
씨앗을 품는 것이라며 잔바람에 산들거립니다.

숨비기꽃 속에 한 움큼 씨가 영그는 동안에 숨비소리도
영등할망이 뿌린 씨앗을 품습니다.

천만, 일억, 십억으로도 텅 빈 마음인 사람들은
수백으로 저들의 세상을 이룬 숨비기꽃들을 보며,
시들어가는 꽃망울 속에 여물고 있는 씨앗들을 생각하며,
꺾이며 흩날렸던 세월을 기억하며,
하귀리에 올 때는 숨비기꽃 같은 마음으로 와야 합니다.

거스린물*로 가는 걸음 끝에 긴 그림자가 걸립니다.

수평선 너머로 쫓겨 가는 해가 세상을 거스르지 못하는 이의 얼굴을 붉게 붓질하였습니다.

* 거스린물 : 제주 애월읍 하귀1리 고수동 해안가의 용천수.

영모원(英慕園)*에 부쳐

폭설이 쏟아지는 하귀1리 1130-1번지
여기까지 오는 데 20년이 걸렸답니다.

한때는 낡은 구두를 수선하느라
한때는 쥐었던 주먹을 풀지 못해
또 한때는 제주의 승경(勝景)에 빠져
시간들을 혼자만의 얼음세계에 단단히 묶어두었었죠.

묶였던 시간을 광장으로 풀어놓는 1130-1번지

오름마다 솟아오른 봉화와 미제 소총이 뿜던 불덩어리
는 충의비에 가라앉고, 그 틈에 흘러내린 선혈은 위령비
에 스며들어, 선향(線香)으로 피어나는 위령단에서 난데없
이 죽비소리가 들리네요.

갈라진 한반도에 용서 구하는 자 보이지 않고,
여전히 비수(匕首) 품은 채 미로를 헤맨다 하더라도,
버림받아도 좋은 혼령이 없는 것처럼 산 자들도 그러

하고,

한라산이 모지라지기 전에 서로 손 맞잡을 날이 올 것
이라고.

순백으로 덮인 하귀1리 1130-1번지

뜨거워진 눈시울로 제향하고 숫눈을 밟고 나오는데

갈렸던 길과 길들도 순백의 고요함으로 덮여 있었습니
다.

* 영모원(英慕園) : 제주 4 · 3 희생자와 호국영령, 항일 운동가를 추모
  하기 위한 공간. 제주시 애월읍 하귀리에 있다.

세화 바다에 와서는

세화 바다에 와서는
뭍에서 들고 온 바쁜 발길 멈추고
한 번쯤 저 소리를 들어야 한다.

수평선 너머에서 등고선으로 밀려와
다랑쉬굴 어둠을 순백의 모래알로 풀어내고
북촌리 붉은 황토는 새색시 옥비녀로 담아
집게 숨소리, 숨비소리 피워 올리는
인고의 느린 물살이 내는 소리.

세화 바다에 온 사람들은
동취(銅臭)에 전 손을 물살에 씻고
한 번이라도 보아야 한다.

밟을 때마다 모래밭에 고이는 바닷물.
베어 물면 감귤처럼 부드러운 모래밭에
오름마다 스몄던 핏빛 이야기들이, 삭고 삭은 세월이,
눈물들이,

밟힐 때마다 고개를 내미는 것임을.

그리하여
세화 바다에 온 사람들은
파도가 날숨으로 내뱉는 장편 서사에 귀 기울이며
괄호 속에 갇힌 채 녹슬어가는 마음을 풀기 위해
무시로 입을 열어야 한다.

세화 바다보다
세화 모래밭보다
더 아름다운 것이 사람이므로
손잡고 웃음꽃 피우는 선홍빛 잇몸이므로
선홍빛 잇몸이어야 하므로.

항파두리성*에 핀 풀꽃

십 리 둘레길 새파란 풀꽃들을 밟으며 토성에 오르면
굴종을 거부했던 삼별초의 꿈처럼 멀리 구름이 바다를
건너고 있다.

몽골의 말굽에 밟힌 산하를 다시 세우고 싶었을까.
다시 세워 백성들이 하얀 쌀밥을 먹는 모습을 보고 싶
었을까.

몽골의 백 년 깃발은 흔적으로 남고
마사다 수비대**보다 치열했던 순의(殉義)는 팻말로 남고
인분(人糞)으로 토성을 쌓던 백성들은 풀꽃으로 남은 것
을.

순의의 팻말이 구호가 되는 칠백 년은
피뿌리풀이 산중간마을에서 불타고,
숨비기꽃은 밭담 틈에서 질식하고,
풀씨조차 고개 들지 못하던 시간.

그래도

토성에 묻혔던 유물보다 생생한 풀꽃들이
기억해주지 않아도 꽃 피우고 씨 품으며
떠나지 않고 머물러서 저들만의 세상을 이루었으니

나무 아닌 풀꽃으로 남은들 어떠랴.
나무가 되기를 거부하면서 평화로운 세상 이루어가는
것들.

* 항파두리성 : 삼별초가 최후 항쟁을 벌인 곳.
** 마사다 수비대 : 로마군의 공격에 맞서 항복을 거부하며 최후의 1
   인까지 항전한 유대인 자치집단.

고요한 세계
— 김경철을 기리며

들을 수 없어도 나는 보았지요
꺼칠한 손으로 애교머리를 쓸어내리는 여동생의 꿈을

말할 수 없어도 나에게도 꿈이 있었지요
기와를 굽더라도 어무이 배곯지 않게 하겠다고

갸가 어릴 때 경기가 왔는디
나가 뭘 모릉께 마이싱을 많이 맞아부렀제
그 이후로 귀가 먹어버렸어

사람들이 유행가에 어깨를 들썩이는 날이었지요
강물은 흘러갑니다 제3한강교 밑을
당신과 나의 꿈을 안고서 흘러만 갑니다

너 데모했지, 연락병이지?
어디서 벙어리 흉내 내?
손사래질 위로 햇살보다 몽둥이가 먼저 쏟아졌습니다
까마득한 곳에서 어무이 말소리가 들렸지요

내일하고 모레면 부처님 오신 날인디

갸가 기와를 굽다가 가운데 손가락이 짤려부렸어
다들 형체를 알아볼 수 없는데 요래조래 찾아봉께
가운데 손가락 없는 애가 눈에 딱 들어오던걸

올해로 마흔 번 아들을 죽였다고 말하지만
울 어머니가 아들을 쓰다듬을 때마다
시커먼 땅속에서는
파란 잔디와 뜨거운 햇살이 살아난다니께요.

오월의 바람

늦은 시간에 산책을 나왔더니 살갗과 코와 입술이 바람에 들뜬다. 내일은 바람 불고 비가 오려나. 하늘을 보니 구름 사이로 시커먼 하늘이 열려 있고 별 하나 번쩍인다. 직녀성이다. 직녀성은 바람에 흔들리고 기억의 심지에는 불이 붙는다.

이 바람은 초등학교 교정에 피었던 사루비아 붉은 꽃잎과 피아노 건반 같은 여자아이 손가락과 풍금 소리에 익어가던 홍시와 물수제비 놓던 까까머리 친구 이마의 땀방울을 쓰다듬던 나이 어린 그 바람이고,

또 이 바람은 세석평전 붉은 철쭉까지 다녀갔다가 박정희 대통령 부고를 알리는 버스의 창문을 열고 들어왔다가 구름보다 더 빨리 사라지던 교문 앞 최루탄 연기를 흩트리고, 망월동 찔레꽃 향기를 담아 버스 카드 하나 없어 털레털레 집으로 걸어가는 용접공의 등짝을 힘들다 밀어주는 그 바람이라.

또 이 바람은 물속에 잠긴 오리의 헛발질처럼 아무리

용을 써도 날지 못하는 꼬부랑 몸, 갈래진 마음들이 내뱉
는 숨결이 모인 것이라, 사람들 마음속에 은밀하게 채워
진 침묵의 자물쇠를 열어, 마침내 악어 이빨을 숨긴 채 고
고한 백조인 양 살아가는 구름떼를 내몰고 이 땅에 직녀
성이 비치게 하는 그 바람이 될 것이라.

내 살갗과 코와 입술이 바람에 들뜬 것은 이 바람이 그
런 바람을 담고 있기 때문일 거라.

영실(營實)

추수 끝난 들판에
말소리 발소리 끊겼는데
쭈비비 비쫑 비쫑
난데없는 새소리

빨간 찔레 홀로 남은
무넘깃둑 비탈진 곳
쑥새 가족 파닥이며
겨울나기 준비하네

그날 그 자리
하얀 민들레 홀씨
모판 위로 훌훌 날아들고
연자줏빛 가시엉겅퀴 찾아
배추흰나비 팔락거리던 오후

막걸리 심부름 갔던 막둥이는 보았다네

망종이 알맞게 들었다고 웃으며

거머리 뚝뚝 떼어내던 동네 어른들
먼발치서 숟가락 만지작거리며
새참 오기를 기다리던 친구들
어디론가 사라지고

무넘깃둑 위 그 자리
검게 엉겨붙은 핏덩이 위로
정적이 잠시 머물다 떠난 뒤
더운 바람 훅훅 지나갔지

지금은 추수 끝난 들판
종기 자국 그대론데
주렁주렁 빨간 찔레
쑥새 가족 겨울나네.

바다로 가는 길

그는 아카시아 향기가 날릴 때마다 연신 재채기를 해
댔다.
아카시아 향기가 날리면 명치끝이 더부룩한데
밥그릇마저 대검이 되어 콕콕 찌르는 것 같다 했다.

한 바리 볏단에 칠십 평생 주름을 싣고 나르던 할머니는
깍짓동 같은 우리 새끼, 깍짓동 같은 우리 새끼 하며 등
짝을 쓰다듬는데,
나는 잔뿌리에 묻은 흙 같은 근심을 털지 못해
하이데거 책장 속에서 잎맥 같은 길을 헤매며 시간만
파먹고 있었지.

사월 어느 날 누군가 저 후박나무 숲을 지나면 바다에
다다를 수 있다고 하더군.
할머니 주름으로 채운 내 팔뚝 링거를 떼어내고 싶어
그 길을 따라나섰지,
숲속에는 가는 곳마다 호랑거미가 줄을 치고 살모사가
똬리 틀고 있었어.
앞서간 발자국은 보이지 않고, 변장한 가시나무에 찔려

팔뚝 링거액이 뚝뚝 떨어지더군.

　나는 길을 돌아섰지.
　해가 지자 내 숨소리조차 무서웠거든.
　돌아선 길은 외로웠어.
　내 발소리에 새들마저 숨죽이더군.
　가시나무 가지가 꺾어지고, 피투성이 숲 너머로 불빛이
보였어.
　사람들이 말하더군.
　이 길은 하루에 가는 길이 아니라고,
　이렇게 함께 모여 조금씩 조금씩 가야 하는 길이라고.

　그는 최루탄에 날리는 아카시아 꽃잎보다 아름다운 것
은 없다고 했다.
　그 꽃잎들이 만들어낸 길을 따라나서는 가벼운 발걸음
보다 더 무거운 것은 없다고 했다.
　그 꽃잎이 대검이 되어 배부른 양심의 명치를 콕콕 찌
르는 것보다 더 무서운 것은 없다고 했다.

진달래 동산

누렇게 누운 고목 위로 원미산 언덕
진달래가 사태졌다
해진 주머니 몇 푼짜리 지폐 없이
오랜 세월 토닥여준 햇볕만으로
저들끼리 기대고 뿌리내려 광장을 이룬 것이다

간밤 꿈에
멸치 같은 사람들이 마른 껍질 풀풀 날리며
먹거리 찾아 헤매다가 저들끼리 모여 파리코뮌인가를
만들더니
오늘 아침 진달래 동산은
지천으로 모인 손가락들이 온 산을 불태운다
산 아래 무더기로 쌓인 허수 핫바지마저 불태운다

닝큼 버리고 오길 잘했다
시퍼런 칼날로 날아드는 청구서 쪽지들 다 찢고
고독의 물로 가득한 모니터를 깨버리고
가르랑가르랑 싯누런 가래마저 뱉어버리고

모진 겨울 이겨낸 바람에 뺨을 비비며
원미산 오르기 참 잘했다

이제 남은 일이라고는
말라빠진 사순절 측백나무를 불태우고
불손한 죄악들의 이마에 재를 바르고
다가올 부활의 오월을 기다리는 일뿐이다.

모래밭에 묻은 이름

바닷물을 퍼 길러도 채울 수 없는 허기,
달아난 시간을 떠올리며 모래밭을 걸었습니다.

수평선이 노을을 빨아들여 어둠을 뱉어내자
묵은 귀지가 녹았는지 풀려나는 당신 목소리

세상은 텅 빈 것으로 가득 차고
어둠 끝에 달린 채 떠돌던 시간이
잔뿌리를 내렸습니다.

하늘은 별빛으로 텅 빈 마음을 채워갔지만
별빛은 너무 멀리 있고
가르랑거리는 파도 소리가 모든 것을 삼켰지요.

모든 것을 다 삼키고,
나의 비겁함과 부끄러움만 뱉어내는
바다를 원망하며 모래밭에 주저앉았고요.

이제 모래밭에 주저앉아

달아났던 시간을 묻습니다.
그리고 그 위에 당신의 이름을 새깁니다.

파도가 세상을 삼키려 덤벼들 때
당신 이름 속으로 그것들이 스며들게 하기 위하여.

촘항* 속의 개구리

새촘** 따라 떨어지는 물방울 소리 듣기 좋았지요.
팽나무 그림자가 하늘 속에 흩어지고
똑 똑 똑 더디게 떨어지는 물방울
하나, 둘 셋. 열 방울째 고개 든 개구리

게게비, 게게비야. 울 아방 언제 돌아옵수강?

망할 놈의 개구리 목젖만 볼록볼록
열 밤을 자야 한다네.
그놈의 머리를 쥐어박으려는데
어머니가 불렀지요.

혼저 글라. 오랜 허난 제기 안 가민 두드려분다.***

기차놀이는 아니었어요.
옆집 건넛집 아즈망, 할망 죄다 밧줄에 묶였으니까요.
숨바꼭질도 아니었어요.
숨어 있다 나온 오라방 총 맞고 넘어졌으니까요.

어망, 나 오줌 마려운디.

어머니는 군인들 눈을 피해 둔덕 아래로 날 데리고 갔
지요.
오줌발이 섰는데 하늘이 깨지는 소리가 연거푸 들렸고
어머니는 내 손을 잡았다가 다시 품에 안고 달렸어요.
꽝 하는 소리에 귀가 멍했는데 어머니 까만 치마가 펄
럭 나를 덮쳤어요.

어멍은 꼼짝도 말라는 듯 게게비처럼 목젖만 볼록볼록

해가 중천에 떴는데 어머니는 일어나지 않고,
마을 사람들도 어머니처럼 일어나지 않고,
배가 고파 집으로 돌아갔더니 마을이 불타고,
우리 집도 불타고.
촘항 속 물을 떠 불을 끄려 했는데
땡굴땡굴 눈알 굴리던 개구리, 담장 너머로 폴딱 달아
났어요.

게게비, 게게비야, 울 아방 언제 돌아옴수강?

* 촘항 : 버려지는 빗물을 모으는 항아리. 썩지 않지만 썩은 물인지 확
  인도 하고 벌레도 잡기 위해 개구리를 기르기도 함.
** 새촘 : 볏단을 빗자루처럼 한쪽을 넓게 짜서 넓은 쪽은 나무에 기
  대고 좁은 쪽은 독에 넣어두어 빗물이 흘러내리도록 한 장치.
*** 혼저 글라. 오랜 허난 제기 안 가민 두드려분다 : 빨리 가자. 오라
  고 하니까 빨리 안 가면 때린다.

소란하길 바라는『고요한 세계』

이명찬

뭐 이런 낭패가

환갑 진갑 지나도록 서로 연락도 잘 않은 채 데면데면 지내던 대학 동기 하나가 문득 첫 시집을 던져왔다. 해설하란다. 하, 이거 낭패다. 20년도 더 전에 처음이자 마지막이 된 시집 한 권 세상에 들이밀고는 그걸로 끝, 시도 평론도 그러니까 문학도 다 팽개치고 그 근처에 여기저기 묻은 남들의 가래침만 아이들에게 전달하며, 문학 연구자라는 명분으로 대학 국문과의 접장 노릇을 해온 세월에 대한 종주먹질일 시 분명하다. 시인 유국환을 등에 업은 문학의 보복이라는 느낌 쎄하다. 그래도 어쩌는 수 없어 일단 읽어나 보자는 심정으로 한 발 들이민다. 아뿔싸 물컹하고 미끈거린다. 늪이다.

나나 저, 그러니까 우리가 '따로 또 같이' 뻘밭을 기어나가듯 어기적어기적 헤쳐 건너온 1980년대는, 문학 과잉의 시대였다. 다양한 문화 분야끼리의 경쟁과 각각의 분야 안에서의 경주(競

137

走)라는 21세기적 현상과는 달리, 근대화 이후의 한 세기에 해당하는 지난 20세기에는 여타 문화 미디어 분야의 성장은 더딘 채, 문화 창조 및 소비의 큰 능력들이 시 소설과 같은 문학 분야에 집중된 면이 없지 않았다. 일제 강점기 사회적 제도적 차별을 뚫기가 쉽지 않았던 조선인 엘리트들이, 즉 열린 사회적 조건이라면 그러한 선택을 하지 않았을 다양한 관심의 조선 지식인들이, 죽방렴 사북자리를 향해 몰려드는 멸치들처럼 문학에로 밀려들면서 발생하였던 이 사회적 역치의 과잉 상태라는 판세는 1980년대까지도 크게 다르지 않은 상태였다.

뛰어난 시인 소설가들은 사회 문화적 아젠다를 선점한 창조력치 극상의 시집, 소설책들을 연달아 펴냈다. 호주머니 가벼워 미디어 소비의 대안을 갖지 못한 사람들이 또 그들대로 거대 독자층을 이루어 대책 없이 모여들었다. 그러니 수십만 권, 때로 누적 수백만 권의 판매고를 자랑하는 책들이 심심찮게 입길에 오르내릴 수 있는 시절이었다. 더구나 그 판의 밑바닥에는 문학의 아름다움은 영원히 불변하는 것이라는 과장된 오해마저 심미화되어 자리 잡고 있었다. 그렇게 막강한 걸작을 창조해 세우는 소수들을 바라보는 청년들 마음의 밑바닥에 외경이 자리 잡는 것은 불문가지.

물론 주류 문학판의 인식을 두고 문학을 절대화하는 문학주의에 가깝다는 지적, 현실로부터의 도피라는 손가락질이 없지는 않았다. 하지만 그런 의심이 잡초처럼 자라나려는 그 찰나에 문득 민중문학이라는 새 바람이 불어 손가락질 주체들을 흡인

해버림으로써, 결과적으로 문학은 제 몸집을 온존할 수 있었다. 문학의 영향력은 더 강력해졌고, 둘러싼 풍문마저 풍성했으니, 젊어 한 번쯤 문청(文靑)을 자처하지 않는 이가 없었다.

딱 거기까지였다. 일찍 철들어 문학이 지닌 실천력 따위 신뢰하지 않던 몇은 위장 취업자가 되어 구로나 가리봉동으로 스며들었다. 불멸의 소수 문학인이 되는 길의 지도는 세간에 알려진 바가 없었는데도 과감히 그 길을 탐색하던 몇은 사회 부적응자가 되어 사라져갔다. 우유부단한 나머지들에게는 취업과 입대와 대학원으로의 도피라는 선택지가 주어질 뿐이었다. 1번을 택한 젊은 유국환은 스스로의 표현대로 '동취(銅臭)'나 풍기는 소시민이 되어 생을 소진하는 축에 들었다.

그랬던 그가 이 팬데믹의 와중에 몇 군데의 시문학상을 받았다는 소식을 전해 왔을 때도 그러다 말겠거니 했다. 마음속에 스물두어 살 무렵으로 고정되어버린 애수나 감상을 빌려 못 잡은 고기에 대한 미련을 부려보는 낚시꾼의 허풍 같은 거라고 가볍게 넘겼다. 그런데, 그런데 시집을 엮겠다니, 이렇게 해설까지 하라니.

우리 서로 모르는, 제각기 다르게 살았을

그 시간들이 갑자기 못 견디게 궁금해졌다. 20대에 서로 헤어져 각기 일가를 이루고 여기저기 서울 근처를 옮겨 다니며 육십 줄에 들기까지의, 나는 모르는 그의 세월. 시인에게 그 시간들이 긍정적이었다면 이리 뒤늦게-문학 그중에서도 특히 시는 20대의 영역, 아무리 늦잡아도 30대를 넘기지 않는 특수 분야라는 생각을 해온 지 오래다. 「80 떠돌이의 시」를 남긴 시인이 없지 않고 6, 70까지 꾸준히 시집을 내는 시인들 흔하지만 그거 모두 2, 30대 그들 자신이 이룬 성취에 자기 기생하는 형식들일 뿐이다. 그동안의 성가(聲價)를 스스로 등쳐먹는 일종의 여기(餘技)인 것-시를 향해 저돌하고 있지는 않을 거라 예상은 하고 있었다.

조심스럽게 뚜껑을 열었다. 막상 열고 보니 그의 '생의 한가운데'가 예상보다 훨씬 더 지리멸렬했을지도(하다고 생각했을지도) 모르겠다는 생각이 들었다. 그 긴 기간의 생활 흔적, 고투(苦鬪)의 잔상, 밀당의 현장 허섭스레기들이 보이지 않았기 때문이다. 보통의 사람들에게는 생의 중심에 해당할 시간대의 생체험이 텅 비어 있었다는 이야기. 기묘한 형국이 아닐 수 없었다. 「가리비 껍데기」나 「혼밥」 「견고한 기억」 「시간강사 Y씨의 하루」 「깜장 고무신」 등에서 그가 보낸 혈기 방장한 시간대의 편린들을 몇 개 주울 수 있기는 했지만 그나마도 「시간강사 Y씨의 하루」를 제외하면 일부러라고 말할 수 있을 정도로 그는 과거를, 즉 자신의 생업(生業) 현장의 목소리를 말끔히 지우고 있었다.

시인은 시집의 도처에서 자신의 밥벌이 시대 전체를 "동취(銅臭)와 함께한 세월"로 통치고는 한마디로 "장년의 비겁함"(「혼밥」)이라는 상자에 밀어 넣어 밀봉하려 든다. 그것은 "지난 것들이 풍기는 지독한 구린내"(「도보 여행」)거나 대물림될까 봐 두려운

140

'비굴'(「견고한 기억」), 혹은 '회한'(「별리」, 「시시포스가 걷는 길」), 혹은 비겁에 더한 '부끄러움'(「모래밭에 묻은 편지」)으로 치환되며 무성 생식하다가, 마침내 시 「당신과 내가 기다리는 날—미전향 장기수, 신념과 의지의 화신 이인모를 기억하며」(이후로는 「이인모」로 줄임)에 와서는 '정조를 버린 나의 시간'이라는 윤리적 표현으로 그 정점을 찍고 있다.

말을 줄이자. 시인은 자신의 지난날이 '그 무언가'를 위해 꼭 지키고 싶었던 결심(정조)을 버리고 돈 앞에 무릎을 꿇어버린 비굴한 세월이라는 발언을 거듭하고 있었다. 그의 혼잣말을 이렇게 따라가다 보면 자동적으로 우리는 두어 가지 질문 앞에 서 있게 된다. 무엇을 위한 정조라는 말인가, 그렇게 소중했던 것을 두고 훼절한 이유는 또 무엇인가 하는 의문들. 전후의 여러 사정과 거기 관련된 속내를 톺아보려면 「시간강사 Y씨의 하루」를 좀 곱씹어볼 필요가 있다.

시(詩)는 서부역 근처 어딘가(중림동쯤으로 여겨지는)에 아침 7시에 출근하여 12시간 동안이나 무언가를 가르치고 저녁 7시 무렵 일을 파한 뒤에도 귀가하지 않고 9시, 10시까지 근처 술집을 헤매는 시간강사 Y씨의 하루를 뒤쫓는다. 「소설가 구보 씨의 일일」의 말하기 방식을 시적으로 변용한 프레임이어서 진술은 낯설면서도 편안하다. 그리고 독자들은 익숙하게 Y씨의 이 하루에서 30여 년 간 반복되었을 일상의 대표단수 자격을 읽어내게 된다. 애늙어 말 안 듣는 재수생들과 씨름하는 시간강사 Y씨의 고만고만한 일상. 그런데 시인은 30유여 년을 뭉뚱그린 이 하루를 두고도 "무기력한 삶"으로 낙인찍어 '비굴과 비겁'의 정서를 묘출하는 계보의 마지막 지점쯤에 우두커니 벌 세움으로써, 읽는 이를 무르춤하게 만든다. 공교육이 아니라 사교육 현장, 선생이 아니라 시간강사라는 위치에 대한 자조가 저 '비굴과 비겁' 혹은 '부끄러움'의 원인이었던 것이다. 그렇다면 무엇이 그를 이리 저열한 수준에 안존하도록 등 떠밀었을까. '어머니 말씀' 때문이라는 게 이 시의 로고스다. 부산 변두리 어느 지점에 뿌리를 내리려 애쓰는 도시 빈민 가족들 전체를 공중 부양시켜야 한다고 믿는, 그 때문에 스스로 십자가를 만들어 멘 '엘리트' 맏이의 착하고 고지식한 내면이 딱하다.

오후 두 시 강의실

　─엎드려 자는 놈들이나 스마트폰에 열중하는 놈들이 하나둘 늘 때마다 무기력한 삶 끝에 달려 있는 어머니 말씀을 생각하며 하고 싶은 말도 죽고, 하고 싶은 생각도 죽고,
　종이 커피를 마시며 어린 시절 텅 비었던 어머니의 주머니와 가족 여행을 앞둔 어머니의 들뜬 목소리가 달콤함과 따뜻함으로 가슴을 채우는데,
　시작종이 울리자 데워진 가슴이 쓰레기통에 던져지고, 식었던 목소리가 꾸물꾸물 살아나 '이놈들아 졸지 마라, 이놈들아 스마트폰 치워라'며 또 다른 뜨거운 소리로 가슴이 떨린다.

　　　　　　　　　　　　　　　─「시간강사 Y씨의 하루」 부분

아닌 게 아니라 얼마나 죽이고 싶었을까. 학원에 와 "엎드려

자는 놈들이나 스마트폰에 열중하는" 젊은 놈들의 무기력과 괜스레 진짜 선생처럼 목소리 높이다가 직에서 떨려나느니 자리 보전이나 해서 어머니 기운 생동케 하는 쪽이 윗길이라고 힘을 빼고 마는 중년 시간강사의 비굴함에 이르기까지. 그가 물리치고픈 적들은 그렇게 안팎에 즐비했다. 비굴과 비겁을 눌러 죽인 끝에 그는 아이들에게 "나래짓 속에서 백악기 화석처럼 남아 있는 젊은 날" 혹은 "정정(亭亭)한 불빛 사이로" "호랑나비처럼 날아다니는" 청년(「시간강사 Y씨의 하루」)의 나날들을 펼쳐 하나의 전범(典範)이 되고 싶었을지도 모르겠다. 따라서 그의 정조 지키기란 바로 이 청년의 나날들을 관통하는 무엇인가를 향하고 있을 가능성이 컸다.

시인의 "무기력한 삶" 끝에 매달려 있는 '어머니의 말씀'이란, 시퍼렇던 '젊은 날'을 백악기 화석으로 고착시켜버린 가족이라는 이름의 멍에에 다름 아니다. 도망가고 싶었을 것이다. 부산 금강공원 근처 "무허가 건물이 다닥다닥 붙어 있던 달동네"에서 막노동을 하던 아버지와, 분식점을 하면서도 "밤새 드르륵거리며 편물기계를 돌리"던 어머니의 가난이 만나 한바탕 쟁강거릴 때는, 가슴 조이는 누이들 앞에서 아버지에게 대들기도 했다(「견고한 기억」). 금단추 다섯 개 번듯한 교복이 아니라 "가게에 넘길 옷을 짜고 남은 장미표 505 털실을 겨우내 모아 만든 옷"(「텃밭 가는 길」)을 입혀 남부끄럽게 새 학기 등교를 시키는 집안의 아들이라는 사실이 얼마나 부끄러웠으랴. 할 수만 있다면 가족 로맨스라도 소환시킬 판이다.

그러나 시인은 도망가지 않는다. 도망가기는커녕 목에 '워낭'(「호국원 가는 길」 「아버지의 녹」)을 채우려는 가족들의 요구를 받아들여 마침내 스스로 멍에를 멘 한 마리 소가 되어 가족의 무게를 견디기로 한다. 이로써 개발독재 시대의 한복판을 꿰뚫은 저 전형적인 서사(가난했으나 정겨웠던 농촌에서 똑똑한 사내아이로 태어나 유년기를 보냄 → 도시로 나가 아이를 공부시켜야 한다는 부모의 결단 때문에 도시 변두리 빈민가로 흘러들어 어렵사리 소년기를 보냄 → 집안을 일으킬 것이라는 기대 한 몸에 받으며 좋은 대학 들어감 → 하라는 공부는 안 하고 운동권에 들어가 그만…)의 마지막을 비튼다. 기왕 비틀기로 했으면 고시 공부를 하든지 대우나 현대, 선경, 신세계 같은 재벌 기업에 들어가 부대 자루에 돈을 쓸어 담든지 해야 할 터. 그런데 시인은 어정쩡하게도 재수 학원가에 남는 것으로 타협했다. 나의 '청년'은 버리더라도 가족들을 '배반'(「아버지의 녹」) 하지 않겠다는 다짐의 결과였다. 그래 놓고는 앞에서 보았듯 그 시간 전체를 '회한'의 심정으로 부인하고 있는 것이다.

다시 시를 쓰겠다는 결심이 선 것은 아마 이 회한 때문이었을 것이다. "부모님 웃음 짓는 모습 보기 위"(「옛날 옛적 몰운대에는」)해 자기 딴에는 자신의 중년 전체를 걸[賭]었음에도 불구하고 상황은 별로 나아지지 않은 채, '비굴한 생각이나 말과 행동이 또 대물림될 것 같다는 생각'(「견고한 기억」)이 불현듯 덮쳐왔을 때 그가 매달릴 수 있는 대응의 방식이 시작(詩作)이었다는 이야기. 소처럼 살았던 시간 전체가 틀려먹었다는 것을 확인하는 순간의 그 공허를 메울 논리가 필요하지 않았을까. 가족을 위해 스스로 워낭을 매는 것이라고 자위하던 그 첫 순간으로 돌아가 진짜 그럴 수밖에 없었는지, 그런 도피를 선택하게 만든 그 '젊은 날'의 밑바닥에 도사리고 있는 공포의 실상이 무엇이었는지를 들여다보는 일.

1부와 2부 여기저기에서 산견되는 유소년기의 회고담들이나 아버지 어머니에 대한 애증과 회한을 묘사하는 텍스트들은, 자기 몸에 소가죽을 씌우던 자신의 논리가 타당한 것이었는지를 되묻는 시편들이다. 필자는 지금까지 그게 틀린 논리였다는 걸 주구장창 말해왔다. 그런데 본인도 그 사실을 이미 알고 있었던 것 같다. 고요한 연못이라는 일상의 저 밑바닥 "깊이 가라앉은 돌멩이 건져낼 날"을 염원하고 있기 때문이다. 부모님은 편안하고 그걸 보는 나는 평온하다고 "망각과 침묵으로 스크럼"(「동심원」)을 짜보아도 소화되지도 잠들지도 않은 채 마음 밑에 짱박혀 있는 돌멩이 하나 때문에 그의 생은 참으로 불편했을 것이다.

종횡(縱橫) 한반도

자기 생의 중심 "시간이 음지식물처럼 외로운 길로 흘러왔"음(「도보 여행」)을 깨닫고는 이제라도 그것들과 작별하고 제대로 된 길을 찾아 나서겠다고 다짐하기란 그다지 어려운 일은 아니다. 하지만 그 길 찾기의 방법으로 '다시 시 쓰기'를 선택하기란 누가 보더라도 쉽지 않은 일이 아닐까. 그의 낡은 새 출발이 일단은 반가운 이유다. 그러나 기왕 작심했다면 '길 아닌 길 속에서 울고 분노하고 부끄러워하던 청년'의 실상에 즉각 육박해 들어갈 법도 하건만, 그는 그것을 "세상 사람 주름 펴기 위해" "주먹 쥐고 들판을 헤매던 젊은 때"(「옛날 옛적 몰운대에는」)로 에두르는 말법을 택한다.

이로 보아 그의 젊은 날의 시 쓰기가 사적(私的)이거나 가족적인 성취를 위한 도구가 아니라 대동 세상을 꿈꾸는 민중주의적 열망을 가꾸는 무기였음을 알겠다. 그랬던 그가 세상 사람들은 그만두고 "사랑하는 이들의 어깨에 얹힌 짐"(「견고한 기억」)부터 걷어내겠다는 핑계를 대고 끝내 등 돌리고 말았던 사실을 떠올려보면, 당시 그의 시 쓰기라는 살로 겨눈 과녁이 보통은 훨씬 넘어서는 수준의 공포에 닿아 있었으리라 짐작된다. 그리고 예의 저 「이인모」에 와서야 비로소, 자신이 가졌던 '푸른 사상'의 밑바닥에 도서관 6층에서 투신했던 김태훈 열사의 죽음이 가로놓여 있었음을 무심한 듯 툭 고백한다.

우리는, 그날, 그 시간, 그 자리에, 있었다. 보이지 않는 거대한 칼날이 있어 갓 스물 우리 영혼의 한복판을 단칼에 베어버리는 듯 뜨거웠다. 청바지 3만 장 정도를 한꺼번에 찢으면 이럴까 싶을 정도로 증폭된 소리들이 가슴을 치고 지나가는 환각이 일었다. 형언할 길이 도저히 없는 무참한 트라우마.

그런데 돌이켜 생각해보면 사실 그 길은 아무나 뒤밟을 수 있는 길도 또 뒤를 따라야 하는 길도 아니었다. 다만 어리고 순정했던 그때의 우리가, 그분과 같은 정도의 헌신(獻身)이 아닌 모든 선택에 배신과 변절의 딱지를 잘못 붙여왔을 뿐. 유국환 시인이 '다시 시 쓰기'를 결심하게 된 것도 어쩌면 저 순진했던 총 각 딱지를 이제라도 떼내야 한다고 판단했기 때문이 아닐까. 김 태훈 열사 혹은 이인모 옹의 뜻을 살리는 21세기 한국사의 참되 고 성숙한 방도를 모색하는 일에 자기 시를 바치겠다는 의도라 는 뜻이다.

　그의 탐색은 이제 두 가지 경로를 밟는다. 그중 하나가 시간 의 종축을 따라 자기 시가 가닿아야 할 역사적 근원을 확인하려 는 노력이다. 두 번째는 시간 여행에서 얻은 인식을 바탕으로 내 가족을 넘어 이웃의 목숨 가진 모든 것들에로 관심을 확산하 는 횡단 탐색에 해당한다.

　그의 종단 여행이 아버지와 어머니, 고모, 아내와 같은 가족 들과의 관계 탐색으로부터 시작되는 것은 그만큼 자연스러운 일이다. 이 탐색을 통해 그는, 자기를 시대 앞에 비겁한 가장(家 長) 되는 길로 일찍 내몰아 자주 대들었던 아버지의 무능이 사 실은 아버지 시대의 것이었음을, 가족의 신산과 고통이 한 가족 만의 문제가 아니라 그 시절을 살아낸 모든 가족들의 공동 문젯 거리였음을 확인하려 한다. 시 「아버지의 녹」 「호국원 가는 길」 에서 아버지와 화해를 한 그가, 「깜장 고무신」을 통해 우리 시대 모든 아버지의 '깜장 고무신'을 부끄러움 없이 납득하게 되는 과정이 정겹다.

　아버지에게서 장인, 그리고 모든 아버지들에게로 연민의 감 정을 점점 넓혀간 끝에 「아포 고모」 「텃밭 가는 길」의 어머니, 「아내에게」의 아내 등을 보듬어, 가족이되 가족을 넘는 단위까지를 불러내는 단계로 나아간다. 그리고는 「나른한 오후」나 「여름의 끝」을 통해, 산업화가 훼손해버린, 도회로 쫓겨 오기 전의 건강한 삶의 양태를 잠깐 복원하기도 하고 「설날 새벽에」를 통해 민족의 가난한 하루를 오버랩 시키기도 한다.

아버지의 아버지, 그리고 그 아버지의 아버지(「도보여행」)를 통해 유전되어 내려온 가난의 역사를 추적하던 끝에 그는 「고요한 세계」로 만나는 5·18, 「촘항 속의 개구리」 「하귀리 가는 길」 「영모원에 부쳐」와 같은 4·3의 흔적을 붙들기도 한다. 그러다가 마침내 「부활하는 집강소」 「어긔야 어강됴리」에 이르러 동학농민운동의 발발과 좌절이야말로 이 땅 민중, 민족 모순의 기원이자 뿌리라는 점을 확인하기에 이른다. 특히 「촘항 속의 개구리」나 「어긔야 어강됴리」는 4·3의 참상이나 동학운동의 좌절이라는 주제를 그 동네 말로 새롭게 구성하여 보여주는 수작이라는 점에서 주목에 값한다.

깊이 있고 느긋하게 천착한 결과이기보다 답사와 지식에 기초한 냄새가 앞서는 게 다소 흠이긴 하지만, 시인은 이 종단 여행의 결과를 빌려 21세기 한국의 횡단면을 탐색하는 기초로 삼고 있다. 아들이자 아버지로서의 삶을 펼치고 있는 부천에 돌멩이 하나를 던져놓고는, 그 물결이 역곡, 북한강, 을숙도, 목포, 제주도로 동심원을 이루며 퍼져나가는 모습에서 고통 받아온 민중의 역사가 한반도 전체에 미만해 있음을 확인하려 하는 것이다. 4·3이나 동학 현장에 화석으로 남은 민중들이 아니라, 이 땅의 현재를 생목숨으로 견뎌나가고 있는 이웃들 쪽으로 이해와 연민을 확장함으로써 그의 시들은 한결 생생한 표정으로 살아난다.

「바람이 머물렀다 간 자리─어느 배달 라이더의 죽음에 부쳐」
「소주 한 잔」「낙지 초무침 아짐씨」「복사골 감자탕」「역곡 바게
트」「그림으로 남은 엄니」「온금동 꼭대기 빈집」 등이 21세기 한
국의 횡단면 위에 자기 얼굴을 그려 넣은 민초들의 초상화라면,
「CCTV의 증언」이나 「박카스 병」들은 한국 산업화의 톱니바퀴
에 자기를 갈아 넣은 외국인이나 자연 자원들로까지 그의 관심
이 확산되고 있는 좋은 증거이다.

익숙하고도 낯선 미래

공간은 시간의 축선을 따라 집적되기 마련이고, 시간은 공간
에 기대지 않고는 자기 존재를 증명할 수 없다. 그간 따로 놀았
던 그의 한반도 역사 종단과 공간 횡단의 노력 역시, 와야 하거
나 만들어가야 할 '낡은 미래'를 그리는 자리에서는 어쩔 수 없
이 하나가 된다. 어쩔 수 없다고 했지만 사실은 이것이 한국시
가 지향해야 할 가장 바람직한 내용/형식일 것이다.

「젊은 귀향 농부의 독백」「용머리 해안에 부는 바람」「세화 바
다에 와서는」「항파두리성에 핀 풀꽃」 그리고 「이인모」에 이르
면, 민중이 주인 되는 미래를 그리려는 그의 역사 인식이 다양
한 공간적 표지 위에 오롯이 형상화된다. 그래도 여기까지는 한
반도의 과거사가 시적 감동의 머리채를 끌고 다닌다는 점에서,
배워 알게 된 외부 지식의 자식이라는 느낌을 지우기가 어렵다.

「그믐달」이나 「텃밭에서 1, 2」「깊어가는 섬진강」「오월의 바람」「바다로 가는 길」「진달래 동산」을 거치고 나서야 시인은, 외물을 끌어들여 자기 손 안의 물건처럼 만져 다듬은 위에 생각을, 마음을 실어 밖으로 내보내는 이치를 터득하고 있다. 마침내 「느티나무」나 「겨울 원미산」에 이르면 삐죽삐죽 솟아나와 젠체하던 그간의 뿔들은 다 닳아 없어지고, 보이지 않는 입만 살아 할 말 다 하는 시인 정신의 정수를 만나는 느낌 확적하다.

겨울바람 차가울 때
동구 밖 느티나무를 생각한다.

늘 헝클어져 헤매곤 하지만
기어이 만나고 마는 길들 끝에
빼앗긴 몸으로 창과 칼을 만들어내는 가지.
가지에 찔려 뚝뚝 눈물 흘리는 겨울을 보며
얼음 땅속 깊이 황소 같은 느티나무 숨결을 듣는다.

그래,
가지에 주렁주렁 달리던 여름을 기억하면
겨울바람도 견딜 만한 거야.

오늘은 내가 느티나무 가지 끝에 앉아
북소리가 되고 싶다.
둥둥 울리는 북소리가 되어
살냄새 사라지고 동취(銅臭)만 남은 골목을 건너

길 끝에서 그대와 꽃밭으로 만나고 싶다.

꽁꽁 언 세상을 걸으며
발가벗은 채 눈 맞으며
이를 악물고 또 한 살 더 먹는
느티나무가 되어
먼 길 다시 나서고 싶다.

—「느티나무」 전문

사실 그의 시법은 낡았다. 묵은 비유에 더해 이용악이나 오장환에 기댄 프레임도 어딘지 헐겁다. 허전하고도 조금 좁은 등허리를 앞으로 숙인 채 골목길에 펼쳐놓은 잡상인들의 그 소박한 시원주의, 공동체주의, 코뮌주의를 들여다보고 있는 뒤태는 그러나 눈물겹게 고맙다. 그이의 옆이나 혹은 뒤에서 같은 데를 기웃거리고 있는 나의 모습이 겹쳐 읽히기 때문이다. 이 부분만큼은 누구에게도 양보할 수 없는 유 시인의 낯선 자기 몫이 아닐까.

추신: 기형도 시인이 그랬지, "나의 생은 미친 듯이 사랑을 찾아 헤매었으나/단 한 번도 스스로를 사랑하지 않았노라"(「질투는 나의 힘」 중에서)라고. 팬데믹을 뚫고 올라오는 저 노랑 동백꽃들에게 가만히 빕니다. 유 시인 스스로 지우려 애썼던 시간들에 대한 애정이 소보록히 되살아나기를.

李銘漢 | 문학평론가 · 덕성여대 교수

푸른사상 시선 156

고요한 세계

유국환 시집